ENTUSIASMO
a jornada

Gerente editorial
Roger Conovalov

Colaboração e organização
Fausto Antônio de Azevedo

Diagramação
André Barbosa

Revisão
Paulo André A. Setti
Mitiyo S. Murayama

Capa
Lura Editorial

Todos os direitos desta edição são reservados a Mário José de Souza Neto

Primeira Edição
Lura Editorial - 2022.
Rua Manoel Coelho, 500. Sala 710
São Caetano do Sul, SP – CEP 09510-111
Tel: (11) 4318-4605
www.luraeditorial.com.br
contato@luraeditorial.com.br

Todos os direitos reservados. Impresso no Brasil.
Nenhuma parte deste livro pode ser utilizada, reproduzida ou armazenada em qualquer forma ou meio, seja mecânico ou eletrônico, fotocópia, gravação etc., sem a permissão por escrito do autor.

Dados Internacionais de Catalogação na Publicação (CIP)
(Câmara Brasileira do Livro, SP, Brasil)

S729e

Souza Neto, Mário José, 1974
    Entusiasmo: a jornada / Mário José de Souza Neto.
-- 1. ed. -- Lura Editorial -- São Paulo, SP : 2022.
    176p.
    ISBN: 978-65-84547-89-6

    1. Ficção brasileira. 2. Literatura brasileira – Romance. 3.Espiritualidade. I. Título.

CDD-869.3

Elaborada por Bibliotecária Janaina Ramos – CRB-8/9166

1. Ficção : Literatura brasileira
    869.3

MÁRIO JOSÉ DE SOUZA NETO

Entusiasmo
a jornada

EDITORIAL

Para meus avós e pais, pelo encontro de Gerações e por serem fonte inesgotável de Amor e Entusiasmo.

Para Josiane, meu porto seguro, todo meu amor e gratidão.

Para os irmãos Henrique, por me fazerem aprender todos os dias o que significa ser pai e a força do exemplo.

Para as irmãs gêmeas mais lindas e carinhosas deste mundo, por me acompanharem sempre em todos os momentos importantes, entre risadas, choros e pesar.

SUMÁRIO

PREFÁCIO DO AUTOR 09

CAPÍTULO 1 - A DESESPERANÇA 11

CAPÍTULO 2 - A ANGÚSTIA DO FUTURO 29

CAPÍTULO 3 - O ENCONTRO 43

CAPÍTULO 4 - TAO 55

CAPÍTULO 5 - *GNOTHI SEAUTON* 75

CAPÍTULO 6 - PROVAÇÃO 117

CAPÍTULO 7 - A LIBERDADE 137

CAPÍTULO 8 - A LIBERTAÇÃO 159

CAPÍTULO 9 - A SEMENTE DO FUTURO 175

PREFÁCIO DO AUTOR

Desde pequeno, alimentava dentro de mim a vontade de escrever um livro. Escrevia diários, lia vorazmente os grandes autores e a história dos grandes líderes na extensa biblioteca que tínhamos em casa. Os romances ficcionais eram os meus prediletos. Eu me impressionava com o talento dos escritores em retratar a sociedade e seus costumes, mas também com a resistência em aceitar a realidade nua e crua, seja por meio da crítica, seja criando uma nova realidade moldada por suas expectativas para influenciar o futuro. Se paramos para pensar, a vida, o mundo, sempre é um embate entre o que realmente somos e o que desejamos ser. Ou como expressou bem o filósofo Nietzsche, "o homem é a linha tênue entre a besta e o super-homem. Sem ele, caímos no abismo". E a parte do que desejamos ser é bastante influenciada pelos grandes autores e líderes, os visionários. E quando crianças, nossa grande fonte de inspiração são os nossos avós. São eles que nos acolhem com o amor redobrado, com as histórias fascinantes, com a paciência infinita e com o tempo inesgotável que nossos pais não têm. Afinal, há que se perdoar os pais, estão preocupados demais com o ganha pão da família.

Profundo observador e crítico do que acontece em nossa sociedade, preocupam-me os crescentes índices de depressão, violência e suicídio entre nós, pós-modernos. A desesperança e o niilismo parecem predominar, quiçá estimulados pelo consumismo excessivo (somos o *homo-consumens*), veneração do gozo imediato e fragmentação da unidade familiar. Será que desistimos de sonhar? Esgotaram-se todas as nossas fontes de inspiração e luta por um mundo melhor?

Mas sempre fui otimista. Acredito na capacidade do ser humano em superar suas limitações e seguir adiante. Recuso-me a aceitar a realidade que se nos apresenta e a ser convencido pelos arautos do apocalipse. E aqui, bem de dentro da minha pequena, quase irrelevante bolha imaginária, nasceu este romance. Uma cruzada contra a desesperança. Nestas páginas, o amor e o entusiasmo são antídoto e solução. E o ser humano pode seguir sonhando com um propósito para sua vida.

CAPÍTULO 1
A DESESPERANÇA

Solilóquio

Tudo na vida é seu próprio delírio:
Eu te deliro; tu mais me deliras,
E mesmo o viver – este que me inspira,
É um viver nem romano nem assírio...

Sou Roma, César; Judeia, Cristo;
Sou as voltas das pérolas que giras,
Sou a canção uníssona das liras
E não sou isso nem aquilo ou isto...

Ser nem é propriedade minha ou nossa:
É magia, mistério, nada, nada
Do que fazemos. Ser é rumo, estrada,

Que nos leva além do que a vida possa!
É cômica essa vida em que acreditas:
Não é, não há, não tem — porém a habitas!

Alfredo acordou assustado, com o pijama encharcado de suor. Era sempre aquele sonho. Ele e a esposa passeavam de mãos dadas pela praia de Viana do Castelo, em Portugal. Pôr do sol, brisa suave nos rostos, sorrisos, lembranças boas. Cumplicidade, ternura, aconchego. Seus cabelos tocavam seu rosto e ele podia ouvir-lhe a respiração. As mãos quentes...

De repente, tudo escurece. Surge um monge que, com voz mansa e tranquila, diz:

— Vamos, Alfredo, chegou a sua hora, seu pedido foi atendido. Sua esposa será poupada. Você vem comigo.

Alfredo retruca:

— Mas não estou pronto ainda, há algo por fazer... — olha para a esposa ansioso e pergunta: — Carmem, você realmente me amou? — Então desperta. Assustado, tenso, ar ausente dos pulmões. Uma sensação terrível de que faltou algo, faltou a resposta que mudaria sua vida...

Mas sua esposa já não vive. Viúvo há cinco anos, Alfredo tenta continuar. Superar a perda e seguir em frente. "Será que alguém consegue mesmo superar a morte do amor de sua vida? Seria justo pedir isso de alguém? Até agora não vi quem tenha conseguido. Muitos morrem logo após a perda do cônjuge. Sem falar na perda de um filho. Isto seria inimaginável. Iria contra a ordem natural das coisas."

Tomou café enquanto ouvia a Nona de Beethoven. Como pode alguém quase surdo compor uma maravilha daquelas? É a prova mais clara de que existe a graça divina, pelo que não se revela, pelo sagrado.

Deitou no divã da psicanalista. Contou novamente o sonho. Ela já o conhecia. Todo divã tem poderes mágicos de revelar também o que não é falado, o não dito. Ela repetiu a pergunta:

— Mas por que isto é importante para você? Vocês passaram uma vida juntos. Será que a resposta já não foi revelada?

— Não tenho certeza — disse ele. — Meu inconsciente quer me dizer algo, este tecedor de histórias está contando alguma coisa. Ao mesmo tempo, não consigo me desligar dela. Falo com ela sempre, peço conselhos, conto sobre o meu dia, meus bons momentos, maus momentos, até a loteria ela joga pra mim. Não é justo, estávamos na melhor fase de nossas vidas.

Alfredo prosseguiu:

— Lembro-me bem ainda de quando nos conhecemos, na areia branca da praia de Itapuã, em Salvador. Ela num traje amarelo, morena, sorriso largo, a simpatia em pessoa. Nós nos apaixonamos. Noivamos, casamos em dois anos. Vieram os filhos — "coisinhas" maravilhosas que nos sequestram de nós mesmos. Vinte e cinco anos até baterem as próprias asas! Um buraco negro. Ficamos cegos para nós mesmos, para nosso amor conjugal. Esquecemos de regar as flores da relação. E vêm as brigas, pelos pontos de vista, pelas atitudes na educação deles. E tudo para quê? Receber um cartão de Natal ou aniversário de vez em quando? Ou ser lembrado na hora de pedir um empréstimo? Um amor incondicional, dizem…

— Mas este não deveria ser o fluxo da vida? — indagou a analista, e continuou: — Quando damos amor na medida certa, os filhos voam sem medo. Preenchidos pelo amor incondicional dos pais, estão seguros de si e prontos para enfrentar os desafios da vida.

Alfredo foi adiante:

— Quando eles voam, fica o ninho vazio, vem a depressão, a saudade. Um olha para o outro e diz: "O que fazemos agora?" E justamente quando estávamos nos reencontrando, *re-conhecendo*. Sim, porque há muito já não nos conhecíamos. Mudamos durante a roda viva e nos perdemos um do outro; nos *re-apaixonamos*, descobrimos coisas novas um no outro. E justamente quando estávamos vivendo uma segunda lua de mel... Nunca esqueço o dia. Ela me disse: "Amor, tô com uma dor no peito." Mas eu já conhecia esta fala hipocondríaca dela e lhe disse para tomar uma aspirina que tudo ficaria bem. No dia seguinte, mais dores. Fomos ao médico, exames e exames, raios-X, tomografia. O diagnóstico do médico deixou poucas esperanças. Aquele mundo perfeito em que vivíamos começava a ruir.

Em ato de desespero, Alfredo fora à Igreja do Bonfim. Na sala de promessas, pendurou uma foto dela e suplicou: "Senhor Deus, esta mulher é o que tenho de mais valioso na minha vida. Proponho que troque a minha vida pela dela. A humanidade precisa mais dela do que de mim..." O resto você já conhece.

Mirou a psicanalista. Encontrou aquele olhar paciente de quem ouviu o mesmo relato repetidas vezes, sempre o canto triste de um rouxinol solitário no cair da tarde.

— Eu sei, eu sei, tenho que procurar novas pessoas, mudar minha rotina, viajar e conhecer novos lugares. Mas não quero, quero ficar no apartamento com ela, ouvindo suas queixas, suas tiradas engraçadas sobre a vida, as palavras que ela inventava para cada coisa.

"Odeio esta cobrança da sociedade para que superemos o luto, para que sejamos fortes, para que consigamos encontrar outras formas de aproveitar a vida. Mas a verdade é que minha vida foi junto com ela. Sou apenas um corpo, um morto-vivo, condenado pela biologia enquanto meus órgãos funcionem. Sou um autômato, sem rumo, sem vida, um nada sustentado no fluxo do tempo e do universo... Nada me prende mais aqui. Meus filhos têm suas vidas, suas famílias, não quero fazer parte do projeto deles. Sempre tive o meu projeto de vida. E realizei, fui feliz, cumpri meu propósito, minha sina. Fim."

Resume a analista:

— Alfredo, você tem todo direito de desistir, respeito. Mas seria prudente, então, fazê-lo sem buscar a resposta para o seu sonho? Sessão encerrada.

A pergunta ficou no ar, inquietante, incômoda...

As palavras davam-lhe voltas na cabeça, enquanto caminhava para o trabalho. Depois de se aposentar como professor de filosofia e religião, Alfredo conseguiu emprego de frentista em um posto de gasolina próximo de casa, para complementar a renda. Sua psicanalista, que o conhecia bem, queria ajudá-lo a criar um motivo para que continuasse a viver, apegar-se à vida. "Mas que vida? Uma rotina diária dedicada a necessidades fisiológicas?" Sentia-se acorrentado à vida, condenado a passar o resto dos dias cumprindo protocolos: um funcionário público numa repartição chamada "vida sem graça", carimbando pensamentos, revolvendo arquivos passados. O próprio mumificado.

Mas por que tanto descaso com a vida? Ela sempre o tratara bem. Em outras épocas, sentia-se o homem mais feliz do mundo. Crescera em família humilde do Bonfim, bairro mágico onde está a igreja mais famosa de Salvador. Logo se interessou pela religião e ingressou como coroinha na Igreja do Bonfim. As atividades de que mais gostava eram tocar o sino da comunhão e jogar água benta nos fiéis. Ficava impressionado com a transformação das pessoas ao entrarem na igreja, o semblante sério, pesado, recatado. Depois da missa, saíam aliviados, após deixarem a culpa nas mãos do Cristo Salvador. Para ele, a grande experiência no ritual das missas era o encontro com o outro, através do amor de Cristo, e repetia para si: "Amai-vos uns aos outros como eu vos amei." Com esta frase, Cristo coloca o encontro e o amor ao próximo no centro dos seus ensinamentos, é no verdadeiro encontro com o outro que eu exerço a minha humanidade, é reconhecendo o sagrado que há no outro que eu me reconecto com o sagrado que há em mim e consigo a salvação. "Não seria este o paraíso? Um lugar onde o respeito ao outro está acima de todas as leis? Não é exatamente isto que prega São Francisco, quando diz que é dando que se recebe, compreender para ser compreendido, amar para ser amado, e finaliza, é morrendo que se vive para vida eterna?" Mais impressionado ainda ficava na sala de promessas, onde imperava a frase "A fé que remove montanhas". Durante os anos na igreja, viu de tudo: milagres consagrados, cura de doenças impossíveis, casamentos que iniciaram na sala de promessas, em meio à dor, à esperança no sagrado, e de que há algo oculto que não compreendemos, mas em que devemos acreditar. Esta sabedoria popular que nos diz "segura na mão de Deus e vai", independentemente do fato de conseguir ou não entender todos os planos do divino, experienciar esta relação íntima com o sagrado, que demonstra, para quem tem fé, que a vida nunca tem fim.

Esta oportunidade religiosa precoce moldou a personalidade do jovem Alfredo, que tinha acesso à boa biblioteca da paróquia e outras, nas quais devorava os livros, aguçava sua capacidade crítica lendo os grandes teólogos e filósofos da humanidade, de Platão a Kierkegaard e Sartre, de Santo Agostinho a Tomás de Aquino e Nietzsche. Gostou tanto da experiência na adolescência que optou por ingressar na Faculdade de Filosofia. E foi na faculdade que conheceu Carmem...

Carmem era a pureza em pessoa. Belíssima, rosto de anjo, carismática, seu bom humor e otimismo contagiavam todos que a conheciam. Carminha pureza, como era chamada pelos amigos, tinha um coração enorme. Simplicidade e bondade que comoviam. De família rica, estudou nos melhores colégios de freiras de Salvador. Em companhia da mãe, católica fervorosa, durante anos da infância e juventude trabalhou junto com irmã Dulce, ajudando nas obras de caridade e assistência aos doentes, crianças e idosos. A experiência da caridade moldou o espírito da jovem Carmem. Servir ao próximo tornou-se um dos pilares do seu projeto de vida. Por este motivo, decidiu fazer enfermagem, a contragosto do pai, que queria ver a filha médica. Comprou briga enorme com o patriarca, que ameaçou expulsá-la de casa se não seguisse sua orientação. Não teve jeito. Uma das tantas características marcantes de Carminha era a forte convicção em suas crenças — para não dizer teimosia. Convenceu o velho pai e entrou na Faculdade de Enfermagem.

Seu encontro com Alfredo foi mesmo obra do destino. Ele estava interessado por uma colega da Faculdade de Filosofia, amiga de Carmem. Porém, a moça não se demonstrava nem um pouco entusiasmada. Pediu à amiga que fosse ao encontro marcado, na praia de Itapuã, e a representasse, para ver no que dava. Embora a contragosto, Carminha concordou, pois adorava a amiga. No entanto, deu-se uma paixão à primeira vista. Marcaram novo encontro num barzinho. Os passados se fundiram com tamanha intensidade, as experiências vividas, a ansiedade de compartilhar, que amanheceram juntos na praia, conversando e vendo o nascer do sol. Eram feitos um para o outro e as duas almas, gêmeas, se reencontraram nas praias da Bahia. Na manhã seguinte, Alfredo disse à sua mãe: "Encontrei a mulher da minha vida, mãe, e nada neste mundo vai me separar dela." Ela olhou com um ar de doçura para o filho, ar amoroso que só as mães têm, e respondeu" "Se Deus quiser, filho…"

Uma buzina de carro despertou Alfredo dos seus pensamentos. Chegara ao posto de gasolina, hora de trabalhar. Todos os clientes ficavam surpresos com aquele senhor educado, culto, sempre com uma palavra gentil para alegrá-los. Alfredo gostava do contato com as pessoas, aprendera rapidamente a observar seus gestos, imaginar suas vidas ouvindo poucas palavras, se estavam ou não num bom dia… Era conhecedor da alma humana como poucos, na teoria e, agora, na prática. Aprendera com a vida religiosa, com o magistrado de filosofia por trinta e cinco anos e, nessa última fase, na linha de frente, servindo às pessoas. Fizera vários amigos, entre eles seu Agenor, taxista mais velho do bairro. Boa companhia para uma pizza e umas doses de cachaça… Com ela, Alfredo curava a saudade de Carmem, destilava a sua dor existencial no copo à sua frente, na companhia do velho amigo.

— Sabe, Agenor, tem horas que fica tão difícil de viver que me pergunto o porquê de tudo isso. Nascemos reis e morremos mendigos. Ascendemos como um grande cometa, atingimos o esplendor e depois vamos perdendo tudo pelo caminho, bens, amores, pessoas queridas, saúde. Por isso lhe digo, amigo, nunca queira ficar velho — e caíam na risada...

———⸻———

Não, não era descaso o que sentia Alfredo, ele simplesmente já não esperava mais nada da vida. E quem não espera se desespera, deixa de esperar, some o desejo, a expectativa, falta a crença e depois a oração. Fez um esforço para se lembrar das últimas palavras da esposa antes de falecer, no apartamento em que viviam, o rosto moribundo, as dores horríveis: "Morzão, me prometa que você vai continuar, que não vai desistir, as crianças precisam de você, seus netos precisam de você. Faça isso por mim, por nós!" "Sim, minha Preta", disse ele. Mas Alfredo resistiu pouco. Depois da missa de sétimo dia, após dedicar uma linda poesia à amada, voltou para casa, tomou um vidro de analgésicos e foi deitar. Salvou-se por pouco. A dor da perda ela dilacerante, preferia anestesiar-se, pedia morfina a médicos. Não se alimentava, não falava com ninguém. A dor e a vergonha de ter alcançado o fundo do poço não lhe permitiam.

Um belo dia, manhã de sol, surge na porta do quarto um rosto conhecido e castigado pelo tempo.

— Alfredo, quanto tempo, velho amigo! Você está irreconhecível —Alfredo espantou-se e seus olhos se encheram de lágrimas. Além de Carmem, apenas uma pessoa poderia despertar tanta emoção.

— Zezinho, meu Deus, chegue mais perto, me dê um abraço. Achei que não nos veríamos mais... Está insuportável viver sem ela — e foi ao choro novamente, nos braços do amigo, que a esta altura chorava junto. Choro cúmplice, de duas almas vividas, marcadas pelos sofrimentos, marcas da vida, chagas na mão de Cristo que não desaparecem jamais. Era o reencontro de dois espíritos depois de muito tempo. Olhavam-se nos rostos, tentando adivinhar aqueles dois jovens que haviam se conhecido na juventude por detrás das inexoráveis marcas do tempo.

Alfredo e José Borges se conheceram no final da década de 1970, em um curso de Teologia em Salvador, o amigo já formado em Filosofia pela Universidade do Minho, em Braga, Portugal. Alfredo ainda cursava a Faculdade de Filosofia. Os dois se encontraram na sala de aula do Colégio Antônio Vieira, famoso colégio Jesuíta. Nestes três dias juntos, testemunharam algumas das melhores aulas de Teologia, ministrada pelo Padre Hugo. Já na primeira aula, o padre escrevera no quadro "Deus é Amor. Deus é a Verdade. Deus é a Vida".

— Para o cristão, todo debate filosófico sobre a existência ou não de Deus torna-se sem sentido a partir destas três afirmações escritas no quadro. A partir da aceitação do sagrado, do irrefutável, daquilo que está oculto, é possível construir um sentido para a sua vida. — Retrucou Alfredo: — Mas, Padre, não podemos aceitar este dogma. Vários dogmas foram derrubados pela Ciência. Não podemos deixar de avançar sem questionar. Veja o quanto avançamos na Teoria da Evolução, nas pesquisas sobre física quântica e a teoria da relatividade.

— O padre olhou para o Alfredo com doçura e com muita humildade afirmou: — Meu filho, todos os avanços da Ciência foram no sentido de explicar a fenomenologia da vida, ou seja, COMO a vida acontece, como surgiu o Universo, a matéria, a interação dos átomos e do jogo das formas, como afirmavam os hindus. Porém, ninguém conseguiu explicar o PORQUÊ de as coisas serem assim. Conseguimos explicar como a fecundação acontece, a formação de uma futura vida, mas ainda não explicamos o exato momento em que o espírito se junta à matéria para originar uma nova vida. O milagre da VIDA. Porém, se aceitarmos o mistério do sagrado com naturalidade, o humano e o divino podem se harmonizar dentro de nós. Este é o mistério da FÉ, da CRENÇA na substância SACRA. Cristo disse: sou o caminho, a verdade e a Vida. Portanto, se queremos viver uma vida plena de sentido, é importante procurar harmonizar o humano com o divino. Não se consegue alcançar a humanidade negando o sagrado, nem tampouco alcançar a graça, o sagrado, negando a humanidade.

"São inegáveis os benefícios que a Ciência trouxe para a humanidade, não estou questionando isso, mas acredito que a tentativa desenfreada do positivismo científico, embasado pela metafísica, em reduzir o fenômeno da vida e a substância sacra a um conjunto de leis, é um atentado contra a própria vida e os seres humanos. É como querer colocar ordem no caos, querer revelar o que está oculto e absolutamente não está ao alcance de nosso entendimento. E isto com qual objetivo? Passar o conforto para as pessoas de que, ao acreditarem cegamente na ciência, na voz da razão e no mundo das essências (ou suprassensível), a humanidade estará sempre em um progresso contínuo. E que a prova de existência de Deus (ou não) é apenas uma questão de tempo. Esta descoberta seria inexorável. Será mesmo que podemos nos deixar levar por esta mentira niilista?

"Deixar de olhar a Ciência como uma ferramenta e tratá-la como um fim, uma religião, pode conduzir a um erro irreparável. Com os excessos da Ciência, a humanidade está permanecendo trancafiada em um modo de vida Estético-Material-Sensorial, o que conduz a graus crescentes de tédio, angústia e depressão, esta última a tentação da desesperança. Um vazio existencial sem limites, porque a repetição do vício e do prazer sensual conduz ao aborrecimento e ao tédio. Porque o indivíduo não exerce o poder da liberdade da escolha, apenas reage aos estímulos consumistas e focados nos desejos. Sem escolha, não há projetos que confiram sentido à existência, resultando em falta de fé e desespero. Como já anunciava e previa Nietzsche, a morte de Deus decretou a morte do homem. Daí o Zaratustra, o novo Cristo, para transformar e fazer surgir o Super-Homem que, na minha interpretação, é o homem ético e religioso de Kierkegaard. Na religião, existe uma corrente que prega a popularização da igreja pelo ideal do consumismo, são os padres artistas, os ritos sagrados simplificados, como a banalização da liturgia e o casamento. Vejo com muita preocupação esta tendência. A religião é um meio para se tornar religioso, não um fim em si. Não é uma mercadoria ou um status. Na outra extremidade, estão aqueles que querem alcançar o sagrado, mas evitam o encontro com o outro, com a humanidade, muitas vezes sem princípios éticos. O poder do sacerdote vem da sua religiosidade, da sua capacidade de migrar do modo de vida Estético para o Religioso, passando pelo Ético. Sem a capacidade de enxergar o outro e se colocar a serviço dele, temos o risco grave de abuso do poder sacerdotal da igreja, o poder pelo poder, tais como a pedofilia, algo que me preocupa para o futuro. Vários já sofreram e podem ainda sofrer nas mãos do poder sacerdotal." — Padre, com todo este cenário pessimista — perguntou José Borges — qual o caminho para a salvação da humanidade?

— Filho, na minha singela opinião, a solução está no amor e na harmonização do humano com o sagrado, alcançando a religiosidade. Ser amoroso significa estar pleno do sagrado, implica estar pronto para se doar ao outro, reconhecer no outro sua humanidade e sua divindade. Significa fugir da prisão do sexo e das paixões mundanas, onde você não enxerga o outro, mas apenas busca a si mesmo no outro (ou no objeto da paixão), exigindo cada vez mais e gerando sofrimento. Em resumo, seguir as palavras do Cristo, "Amai-vos uns aos outros como eu vos amei". Quando refletimos sobre a Santíssima Trindade, temos o Pai (Deus através do progenitor, aquele que cria a vida), o filho (o Homem) e o Espírito Santo (o sopro da vida, a perpetuação do sagrado, do elemento amoroso que dá plenitude ao ser, o amor que só quer o bem, a verdade e o belo). Na criação da Vida, os três elementos se reúnem e o verdadeiro mistério é revelado. Esta tríade se perpetua na família por gerações e gerações. A sagrada família, repleta do amor de Deus, é o núcleo da sociedade, onde se neutralizam as tentações dos sete pecados capitais. Sua fragmentação implica no esgarçamento do tecido social. Com o avanço do consumismo desenfreado e dos regimes totalitários, onde a individualidade é aniquilada, a família está em perigo.

José e Alfredo saíram bastante impressionados com as palavras do jesuíta. Elas mostravam com clareza e simplicidade uma reflexão verdadeira sobre a condição humana, a sociedade e os caminhos que podemos trilhar. Desde aqueles dias, nasceu uma amizade indissolúvel entre Alfredo e José Borges, e os laços se reforçaram. Alfredo, na companhia da querida Carmem, mostrou todo o Recôncavo baiano para José Borges, que se maravilhou com aquela terra. Uma cultura de tolerância religiosa, onde todos podiam expressar-se sem censura, as mais distintas religiões conviviam entre si. Um traço característico daquela cultura que José percebeu foi a capacidade de aproveitar o momento presente. A música, a arte, pulsão criativa muito desenvolvida, a capacidade de acolher o outro com sua diferença. Parecia um paraíso. José pensou muitas vezes em ficar. Estabelecer moradia. Mas havia uma carreira promissora a seguir. A Universidade do Minho precisava dele. Portugal precisava dele. Era um chamado vocacional. Com muito pesar, José partiu para sua terra, deixando o amigo. Para matar a saudade, escreviam cartas. Quando Carmem ficou doente, José percebeu as cartas do amigo cada vez mais curtas, mais depressivas. Precisava fazer algo. Quando soube da tentativa de suicídio do amigo, viajou rapidamente a Salvador.

    Alfredo e José enxugaram o pranto. José ajudou o amigo debilitado a sentar na cadeira de rodas.

— Vamos sair um pouco, dar uma volta pelo hospital, respirar ar puro, olhar a Baía de Todos os Santos. Ainda há vida lá fora, Alfredo. Tenho certeza que minha comadre odiaria ver você neste estado.

Alfredo permaneceu calado. Sem forças, era reconfortante ser guiado pelo amigo. Sempre acostumado a tomar as rédeas da sua vida, agora se deixava levar.

— Sabe, Zezinho, tenho pouca clareza do que acontece comigo. Desde que Carmem se foi, a emoção tomou conta, as ideias não fluem, parece que tive morte cerebral. Eu, que sempre fui tão ativo, fui atropelado pelo destino, a vida perdeu o sentido sem ela.

— Entendo seus sentimentos, Alfredo, é uma perda irreparável, uma marca que ficará para sempre na lembrança e no coração. Carmem era uma criatura especial, choramos sua perda, tamanha foi sua contribuição aos amigos, à família e às pessoas que ajudou em toda sua vida. Estarei do seu lado neste momento difícil. Está na hora de retribuir ao amigo tudo que fez por mim na juventude aqui na Bahia. Viajaremos juntos pelo Caminho Português a Santiago de Compostela, como peregrinos. Usaremos a caminhada para uma reflexão sobre nossas vidas e o que ainda resta para o futuro.

Alfredo retornou rapidamente das suas lembranças ao terminar de abastecer um Karmann-Ghia de cor creme, 1971. Sua vida era um puro recordar-se. Lembrava-se bem do outro Karmann-Ghia, o preto, com o qual levara o amigo José pelas praias da Bahia, Carmem na frente, José atrás. O mesmo Karmann-Ghia preto fora usado por José Borges para conduzi-lo do hospital Espanhol para sua casa no Matatu de Brotas. Sim, a velhice era o ciclo de chorar as perdas. Por que no momento que estamos no auge das nossas vidas, quando mais podemos contribuir para a humanidade, Deus começa a pregar suas peças e tira de nós o que mais amamos, os entes queridos, a saúde, o vigor, a coragem?

Alfredo e José desembarcaram no Porto. Levaram uma semana para planejar a viagem. Sairiam, passariam por Viana do Castelo, Barcelos, Ponte de Lima, entre outras cidades da costa até chegarem a Santiago.

A cada cidade, paravam para acampar. Na luz do lampião, relembravam fatos marcantes da vida. José Borges nascera de família muito pobre, em Braga. Passara fome na infância. Pai mascate e mãe lavadeira, economizavam na comida para manter o filho na escola. Era a perspectiva de um futuro melhor para a família. Quando José entrou para a faculdade, enfim comemoraram. Foram ao Santuário do Sameiro, em Braga, a seis de janeiro, e participaram da Epifania do Senhor. Santo Agostinho, um dos mais conhecidos doutores da Igreja, refere nos seus escritos que Epifania é uma palavra de origem grega que significa "manifestação". Por intermédio dos Reis Magos, o Menino-Deus revelou-se a todos os homens. Doze dias depois do nascimento celebra-se, no seis de janeiro, a festa religiosa cristã que comemora esta manifestação — Dia de Reis. É uma das mais antigas comemorações cristãs, tal como a Ressurreição de Nosso Senhor.

Precisaram de dez dias para chegar a Santiago de Compostela. Na chegada, a visão da Catedral imensa, linda, trouxe lágrimas aos dois peregrinos. Aquela peregrinação não era apenas um caminhar para um lugar sagrado, era realizar uma missão em busca de algo maior que os inspirasse, cada um a seu jeito. Para José, era ajudar o amigo a recuperar-se de uma grande perda. Para Alfredo, era encontrar algum projeto que fizesse a vida voltar a ter sentido sem Carmem. Encontrar uma verdade, uma ideia pela qual estivesse disposto a viver e morrer. Pela Carmem, ele esteve disposto a morrer, mas Deus quebrou sua promessa com ele. Talvez por isso Alfredo continuava impassível. Nada parecia poder tomar o lugar de Carmem na prioridade de sua vida. Alfredo vivera para ela e agora o vazio que deixara consumia imediatamente qualquer vislumbre de projeto ou pulsão de vida. Foi então que o inesperado aconteceu. Adormeceram na praça, contemplando a igreja. À noite, porém, a praça tinha um dono. Um mendigo peregrino, que se perdera há vários anos e "comprou a praça da Igreja" das vinte e tres às sete horas da manhã. Diziam que era louco. Ele se aproximou de Alfredo e disse:

— *El diablo viejo sabe más. Sabe más por que és diablo ó porque és viejo?* — e repetiu a pergunta por três vezes. José dormia. Alfredo assustado. Imóvel. — Você me negou três vezes, só pode ser o famoso Alfredo.

— Como sabe o meu nome? Quem é você?

— Que importa isso agora, Alfredo? Alguns me chamam de Oráculo de Delfos, outros tantos de vidente, outros de Sileno, os deuses me presentearam com a dádiva ou o castigo de ver o futuro. Trago uma mensagem do futuro, velho Alfredo, uma mensagem de sua semente mais valiosa...

CAPÍTULO 2
A ANGÚSTIA DO FUTURO

O pássaro de ferro (Para M.J.S.N.)

Jamais deixa de voar!
Voa!, filho, sempre voa,
Pois que assim não fica à toa
A alma que hás a povoar...

Nunca para de voar!
P'ra que a vida seja boa,
P'ra que a morte te não doa,
E a voz possas trovoar...

Voa, meu filho, teu rumo
De teus mundos pessoais.
Põe-te por de tudo a prumo!

Se forem os nãos reais,
Pois os tomes por insumo
E... voa filho, 'inda mais!

Henrique despertou assustado com o chamado do celular, eram seis e quinze do sábado, e notou que era Isabela, sua melhor amiga do colégio. O choro compulsivo e descontrolado do outro lado não deixava dúvidas, algo terrível acontecera. O sangue gelou e preparou-se para receber alguma terrível notícia.

— Se acalma, Bela! O que houve?

— Ele está morto, Rique, sinto muito, por você, por nós. Gabriel está morto.

— Como isso foi acontecer, meu Deus? Não é possível — Henrique sentiu náuseas, respiração ofegante, lágrimas saltaram-lhe dos olhos. Gabriel era seu melhor amigo e confidente. Cresceram juntos no bairro, frequentaram a mesma escola. Com a voz estremecida, balbuciou: — Como aconteceu, Bela? Onde ele está agora?

— Ele se matou, Rique. Deixou um bilhete aos pais e jogou-se pela janela do apartamento. O velório será hoje à tarde na capela da Igreja do Bonfim, assim que o corpo for liberado. Ai, ai, meus Deus! Por quê? Por que, meu Deus?

Henrique entrou em pânico, queria desesperadamente ver o amigo. Deu três passos na direção do banheiro, sentiu tonturas e vomitou no corredor. Foi amparado pelo pai, que estava na cozinha e veio rápido ao ver o filho passando mal.

— O que foi, Henrique? O que aconteceu?

— Ele morreu, pai, meu melhor amigo morreu. Gabriel se matou hoje de madrugada, eu preciso vê-lo. Tínhamos um acordo. Ele não podia ter feito isto comigo... — e desabou em prantos outra vez. — Eu sinto muito, filho... Sinto muito sua perda. Não posso deixar você sair agora. Você pode se machucar neste estado. Algo pior pode acontecer. Sua mãe e eu iremos com você no velório. Vamos chorar junto com você a sua dor. — Era a primeira vez que Henrique sentia o pai tão próximo. Os braços fortes de caminhoneiro a ampará-lo. Deixou-se envolver no abraço e se apoiou em seu ombro. Sempre se ressentira: a ausência diária, suas críticas e julgamentos duros. O pai trabalhava como caminhoneiro e raramente parava em casa. Mas agora toda distância desaparecera, sentia as batidas do coração do pai, o calor de seu corpo, sim, ele se sentia protegido, acolhido. Por um momento, todo medo e desespero foram embora. O pai era seu chão e ele estava seguro agora. Depois de muito tempo ausente, o pai estava de volta. A mãe de Henrique se juntou a eles. Ficaram assim uns bons minutos, até que se acalmaram.

O tempo que passou no velório do amigo foi bastante difícil. Os pais de Gabriel e a irmã estavam sedados, mal conseguiam receber os cumprimentos e apoio das pessoas. Henrique se aproximou do caixão lacrado... Custava acreditar que era a última despedida. Sentiu uma mistura de revolta e raiva. Gabriel havia quebrado o "combino" dos dois. Mais que isso, sentia-se traído porque o amigo não procurara sua ajuda, não tinha comentado nada com ele sobre sua frustração com a vida. Lembrou-se com carinho do acordo que fizeram juntos, quando tinham oito anos, no aniversário do Gabriel. Ficariam amigos para sempre, formariam as famílias juntos, morreriam velhinhos e seriam enterrados um ao lado do outro. Nada os separaria. Despertou das lembranças ao sentir sua mãe abraçá-lo por trás, chorava bastante; percebia as lágrimas da mãe caírem no seu ombro.

— Filho, seu pai e eu também sentimos muito esta perda. Sei que vai ser doloroso, mas estaremos com você para o que precisar. Conte conosco, meu amor — Henrique recebeu o conforto e amparo. Viu os pais de Gabriel desolados e os foi acolher. Tentou passar a eles todo amor que nutria pelo amigo.

— Gabriel foi meu melhor amigo, tia. Nada vai tirar este posto dele, que para sempre restará vago em meu coração. Agora ele será meu anjo da guarda, meu anjo Gabriel — os pais abraçaram Henrique com força. Os pais de Henrique se juntaram a eles e forte comoção tomou conta da capela. A mãe de Henrique, sempre muito religiosa, começou um Pai-Nosso. E todos se reuniram na oração. Sim, a oração é o maior antídoto da desesperança. A morte de Gabriel representava a morte do futuro para os seus pais e sua família. Fora quebrada a ordem natural das coisas. Se a morte de um jovem já é um golpe terrível para a sociedade, a morte voluntária de um jovem, então, é ferida quase impossível de ser curada. Como para Gabriel, o maior desafio de seus pais e de Henrique era agora superar a tentação diária da desesperança. E num caminho tão árduo, somente a fé, a oração e um projeto poderoso de vida poderiam fazer seguir adiante.

Henrique passou todo o domingo no quarto. Não teve fome nem vontade de sair. Aos dezesseis anos, era a primeira vez que vivia uma tal sensação de impotência diante da morte. Quando tinha dez anos, sua avó faleceu e foi um golpe terrível para a família, mas ele ainda era pequeno e não experimentou tanto a dor da perda. Agora era diferente. A morte viera diante de Henrique e amplificava a sensação de falta de controle sobre o que acontecia a sua volta. Em pouco tempo, sua vida estava de ponta cabeça. Culpava-se por não ter podido ajudar o amigo. Tentou imaginar o tamanho do desespero dele, a ponto de tomar a decisão de dar cabo à própria vida. Quais eram os sinais que Gabriel havia dado nos últimos meses para sugerir que estava prestes a cometer tal ato? Por que nem ele, nem os pais ou a irmã, estavam atentos o suficiente aos sinais de angústia ou infelicidade do amigo? Sentiu profunda compaixão por Gabriel. A verdade é que nos últimos dias ele ficara em completa solidão e desespero. Sua família e amigos estavam tão imersos em preocupações mundanas que perderam a capacidade de enxergar Gabriel e apreender sua percepção aterrorizante sobre a realidade que o cercava? Ele ficara invisível aos que mais o amavam e, sozinho, não conseguiu formular a esperança, a ideia forte que o fizesse desejar permanecer neste mundo? Gabriel perdera de fato o amor pela vida?

Há algum tempo, Henrique assistira palestras em sua escola sobre depressão e ansiedade em adolescentes. Especialistas mencionavam questões sobre sexualidade, dificuldade de lidar com frustrações, *bullying*, pressão pela escolha da carreira e por um bom desempenho escolar e como conflitos que surgem nesta idade podem funcionar como agravantes. Além disso, as redes sociais, em vários casos, podem passar a impressão de que todos estão felizes e, assim, contribuir para aumentar a angústia. A adolescência já é um período conturbado, de transformações intensas, e, atualmente, os jovens sofrem muita pressão das famílias e da sociedade. São cobrados por um alto desempenho, a decidir logo cedo qual carreira seguir, ao sucesso, a estudar fora... Sim, agora lembrava que Gabriel estava bastante assustado e preocupado porque ainda não tinha vislumbre de que carreira seguir. O pai desejava que seguisse seus passos na medicina, a mãe, no direito. Henrique também sentia essa pressão, ainda maior pela situação econômica de seus pais. O pai, caminhoneiro e a mãe, dona de um pequeno salão de beleza no bairro da Ribeira, perto de onde moravam, no Bonfim. Mas sabia que precisava escolher uma carreira que lhe desse uma boa perspectiva de projeção social e sobrevivência econômica.

À tarde, foi ao ensaio do grupo de música da igreja, preparativo para a missa das dezenove horas. O ambiente era de grande tristeza pela morte de Gabriel. Henrique chegou calado e pegou o violão. Imediatamente tocou os acordes da música do Cordeiro de Deus. Todos os demais o seguiram, cantando com emoção. Sim, naquele momento de tristeza deveriam buscar uma luz, um guia, buscar o Cordeiro de Deus, que tira o pecado do mundo, tem piedade de nós e nos dá a paz. Era o que todos precisavam naquele momento. A missa daquela noite foi por demais bonita e houve muita comoção. Na homilia, o padre Luna citou algumas palavras do Papa Francisco na Jornada Mundial da Juventude: "Querer domar a Palavra de Deus é a tentação de todos os dias. E mesmo vocês, queridos jovens, a mesma coisa pode acontecer com vocês, toda vez que vocês pensam que sua missão, sua vocação, e até mesmo sua vida, é uma promessa, mas apenas para o futuro, e nada tem a ver com o presente. Como se ser jovem fosse sinônimo de 'sala de espera', de quem aguarda a sua hora. E, no 'enquanto isso' daquela hora, inventamos um futuro higienicamente bem embalado, sem consequências, bem armado e garantido, com todos 'bem segurados'. Não queremos oferecer-lhes um futuro de laboratório. É a 'ficção' da alegria. Não é a alegria que pudemos vivenciar aqui juntos, hoje neste encontro, do concreto, do amor." E prosseguiu: "O próximo é uma pessoa, um rosto que encontramos na estrada, e pelo qual nos deixamos mover, saímos de onde estamos: mova-se dos seus esquemas e prioridades e avance profundamente no que essa pessoa vive, para dar-lhe lugar e espaço em sua caminhada." Henrique sensibilizou-se com as palavras do pároco. Sim, todos haviam abandonado Gabriel ao desespero, cada um à sua maneira. Foram incapazes de avançar profundamente no que ele vivia e permaneceu em seu isolamento, até desconectar-se de todo e qualquer sentido de permanecer vivo. Henrique comungou sua fé, recebeu a hóstia sagrada e pediu perdão a Deus e ao amigo, que neste momento eram uma coisa só.

Os dias seguiram difíceis para Henrique. Gabriel era muito presente em suas lembranças. A morte do amigo provocou um turbilhão de desassossegos em sua alma e o induzia a refletir sobre sua própria curta vida e sobre o futuro que aspirava para si.

Henrique nascera no novo milênio, uma era de muitas mudanças e transformações, reformulando-se a sociedade e a relação entre as pessoas. O pai estava sempre viajando a trabalho, então o menino cresceu na companhia da mãe, da avó materna e do avô materno. A mãe trabalhava o dia inteiro no salão de beleza e deixava o pequeno com os avós, que sempre exerceram grande influência em sua educação. A avó católica e o avô professor moldaram no pequeno um espírito questionador e de valores cristãos sólidos. As principais recordações de pequeno eram os cafés da manhã, todos juntos, com a "fatia de parida", o bolo de aipim, a bolacha molhada no café com leite. O terço da avó pendurado no pescoço, as badaladas do relógio na parede da sala, as missas de domingo no Bonfim, as pescarias com o avô em uma praia mágica chamada Busca Vida... Aos três anos, o pequeno Henrique contraiu uma doença respiratória grave, a crupe. Começou com uma gripe simples, mas o quadro complicou bastante e o menino foi hospitalizado na UTI. Em dois dias, os médicos informaram tratar-se de quadro sério, com poucas chances de sobrevivência. A família ficou desesperada. Os avós não saíam do hospital. Abalada, a avó materna foi à Igreja do Bonfim e fez uma promessa em segredo. Dias depois, o menino reagiu e começou a melhorar.

As melhores lembranças que Henrique colhia da infância eram as pescarias na praia de Busca Vida, em fins de semana ou nas férias de verão. Seu avô tinha um amigo, seu Orlando, leiloeiro oficial, que comprou uma casa na beira-mar. Sempre que possível, o amigo emprestava a casa ao avô de Henrique. Este prontamente iniciava os preparativos. Escolhia bem as varas de pesca, lubrificava os molinetes, fazia as chumbadas e, o mais importante, levava o pequeno para comprar as iscas no Mercado Modelo. Seu avô sempre mencionava: "Pescaria é arte da espera, meu neto, não importa quanto tempo leve para o peixe fisgar a isca. Se a danada da isca é boa, você pode ter certeza que uma hora ele fisgará." Arrumadas as ferramentas da pesca, iniciavam-se os preparativos culinários. Sua avó passava o dia na cozinha preparando tortas, bolos, doces e mingaus de tapioca e milho. No dia seguinte, ainda de madrugada, partiam os três para a aventura. Duas horas de carro e chegavam. Era uma praia mágica, quase deserta, areia branca e fina. Na maré vazante, formavam-se pequenas piscinas na beira-mar, onde o pequeno Henrique construía seus castelos. Ele adorava cavar na areia, ver o castelo tomar forma, erguer grandes paredões, lindo, majestoso. Para cada castelo, ele dava um nome e, depois, corria para a avó a pedir que ela viesse olhar a grande obra. A avó sempre dizia: "Este é o melhor que você já fez, com certeza vai resistir muito tempo ao ataque das águas na maré enchente." Mas a verdade é que todos os castelos de areia, por mais fortes que fossem, não resistiam ao assédio contínuo das águas da maré. Henrique ficava triste e a avó o consolava: "A vida é como fazer castelos na areia, meu filho, por maior e mais lindo que seja o castelo, sempre é preciso ser humilde e estar preparado para reconstruir e começar do zero se for necessário. Não controlamos nossa vida. O destino sempre encontra uma maneira de mostrar que somos apenas um grão de areia no universo. O que podemos escolher é nosso estado de espírito enquanto estamos fazendo cada castelo. Se entregar ao momento e dar o nosso melhor para construí-lo." Neste meio tempo, o avô já montara os molinetes nas duas varas. Uma chamava "Colico-Li" e a outra chamava "Colico-Lá". E ele perguntava ao neto "Quem será que vai pegar o peixe maior? Quem será que vai fisgar o maior número de peixes?", e a diversão da pescaria estava garantida.

A avó querida ficava na beira do mar, "catando" conchinhas, uma mais linda que a outra. Ela tinha uma coleção. Lavava as conchas, envernizava e depois colocava numa peça de vidro na sala. Certa vez, os três foram almoçar e o avô resolveu deixar as duas varas com as iscas lançadas. Quando retornaram, "Colico-Li" havia sumido. Todos ficaram espantados, tentando entender o que acontecera. De repente, Henrique avistou a vara na água se movimentando rapidamente de um lado para o outro. "Veja, meu avô, acho que um peixe enorme levou a vara." O avô correu e conseguiu colocar as mãos nela. A força do peixe era impressionante. Jamais ele havia pescado um peixe tão grande. Começou a "cansar o peixe", destravava o carretel, o bicho saía como uma bala em direção ao fundo do mar para, logo em seguida, o avô travar o molinete, sem movimentos bruscos para não romper a linha. A batalha entre os dois foi épica. Henrique pulava, gritava, vibrava, torcia pelo avô, dava-lhe ânimo para resistir à luta contra a enorme criatura que imaginava... A avó nada percebia, porque ficara na casa, mas quando escutou o alvoroço do neto, saiu assustada por temer que algo ruim pudesse ter acontecido. Quando viu o marido e o neto na beira da praia, ficou mais tranquila. A batalha durou horas. O grande peixe deu-se por vencido. Um enorme pampo azulado, de seis quilos e meio. Nenhum outro peixe se comparava. Era o rei daqueles mares. Por ironia do destino, ele havia comido um aratubaia, peixe pequeno que fisgara a isca.

Henrique tornou-se uma criança alegre e extrovertida. Acordava sempre assobiando e seu avô o apelidara de "periquito rei". Esta alegria inata animava o lar e sua mãe orgulhava-se da boa reputação do menino no bairro. Todos gostavam dele e sempre eram alcançados por sua felicidade. Graças a uma bolsa, Henrique estudava em colégio particular, cujo dono, e professor também, era amigo de infância de seu avô. Mas o avô complementava a educação do menino com suas histórias e ensinamentos.

Quando completou oito anos, seu pai ficou desempregado e sua mãe tornou-se o arrimo da família. O salário do avô complementava-lhes a renda, mas não era suficiente para sustentar a todos. Foi então que Henrique decidiu, por si mesmo, engraxar sapatos para inteirar a renda da família. Fez ponto em frente à sorveteria da Ribeira. Durante a semana, seus clientes eram os comerciantes do bairro e vendedores que iam tomar o sorvete para aliviar o calor e desfrutar uma sobremesa. Gostavam muito do garoto, que, sempre curioso, perguntava sobre o dia de cada um, o que fazia, coisas sobre a família e, assim, acabava por conquistar seus clientes. O sorriso do garoto era cativante e as histórias que contava sobre sua vida e sua família divertiam os clientes. De fato, vários admitiram depois irem à sorveteria para engraxar o sapato com o pequeno e não mais para tomar sorvete. Seu Dino, dono da sorveteria e amigo de infância do avô de Henrique, ficava orgulhoso em ter o menino trabalhando no estabelecimento. Henrique saía da escola e ia direto para a sorveteria, pois o horário do almoço era o mais movimentado. Lá pelas duas da tarde, dona Josi, esposa do seu Dino, trazia um prato de comida para ele e depois colocava uma bola de sorvete de sobremesa. Cada dia era um sabor diferente e Henrique sempre agradecia, nunca pedia o que queria. Um dia, dona Josi perguntou:

— Quer escolher um sabor, Henrique?

— Carece não, dona Josi, minha avó me disse que devemos aceitar de bom grado o que a vida nos apresenta e aproveitar com o coração. A verdade é que nunca teria conhecido tanta fruta boa se eu tivesse escolhido apenas alguns sabores — ela sorriu e afagou o cabelo do menino.

Em uma tarde de domingo, Henrique havia terminado seu sorvete quando chegou uma família com um garoto de sua idade. O menino olhou curioso para Henrique e disparou:

— Pra que serve esta caixa?

— Eu engraxo sapatos — disse ele.

— Você tem graxa de tênis?

— Acho que tenho algo para a parte de couro, vai ficar bonito. Você vai ver! — Henrique começou o trabalho e a conversar sobre muitas coisas. Contou sobre seus avós e a história do pampo. O menino ficou impressionado. Uma, duas horas de conversa e no final estavam tomando sorvete juntos, olhando o pôr do sol da Ribeira.

— Gostei de te conhecer — disse ele. — Você quer ser meu amigo? Como você se chama?

— Eu me chamo Henrique.

— Prazer, Henrique, me chamo Gabriel.

A freguesia de Henrique só aumentava. Muitos eram atraídos pela curiosidade e acabavam se tornando amigos do menino. Aquele jeito doce, educado e curioso deixava os mais velhos desarmados, rompiam-se todas as defesas. Era uma boa companhia para a hora da sobremesa. Afinal, quem não gosta de um bom papo depois do almoço, com alguém que se interesse genuinamente por nós, pela nossa vida. E era este o dom de Henrique. Suas perguntas eram autênticas, perguntas de quem realmente estava interessado em saber da vida da pessoa com profundidade, sem protocolos, sem filtros, sem segundas intenções. A ingenuidade boa, construtiva, o interesse sincero em enxergar o outro, a vida do outro, e aprender, apreender a humanidade do próximo. Foram três anos nessa vida de engraxate e Henrique tornou-se o menino mais conhecido dos bairros da Ribeira e do Bonfim. Tempos depois, o pai retomou o emprego e então Henrique voltou a dedicar-se somente aos estudos. Foi nessa época que entrou no grupo de música da igreja.

O primeiro contato de Henrique com a música foi nas missas que frequentava com sua avó. O menino aprendeu rapidamente as músicas do culto e vivia assobiando as melodias pela casa. Aos 10 anos, ganhou um violão do avô e comprava algumas revistas de música para aprender sozinho. Tinha bom ouvido e afinação, portanto, teve facilidade em conseguir os primeiros acordes. Foi convidado por Gabriel para assistir a um ensaio do grupo de música da igreja e chegou de surpresa com o violão debaixo do braço. Ficou em silêncio, assistindo a todo o ensaio. No final, Gabriel apresentou-o aos integrantes.

— Pessoal, este é o Henrique, grande amigo meu. Ele veio assistir ao ensaio.

— Nossa! Vocês são bons, lindas músicas, bom gosto. Acho que não conseguiria acompanhá-los. Ainda estou verde...

Dois meses depois, Henrique estava integrado ao grupo. Quando o violonista ficou doente, substituiu-o e saiu-se bem. Agora, Henrique e Gabriel andavam sempre juntos. Encontravam-se depois do colégio, estudavam e ficavam batendo papo com o avô de Henrique até anoitecer. Formavam uma dupla inseparável, unha e carne. Era sim uma amizade inabalável, que duraria até o fim de suas vidas.

Henrique despertou naquela manhã chuvosa. Há seis meses Gabriel falecera. A saudade ainda era grande, mas já não era dor. Ele se sentia melhor quando pensava no amigo. Um carinho infinito, uma memória boa do curto tempo que viveram juntos. Na cabeceira de seu quarto, guardara uma foto da avó querida e do amigo. Dois anjos que iluminavam e guiavam seu caminho. Nos momentos em que a saudade apertava, lembrava das palavras da avó sobre os castelos de areia: "Não controlamos nossa vida. Somos apenas um grão de areia no universo. O que podemos escolher é o nosso estado de espírito enquanto construímos cada castelo." Aquela era uma ideia-força que causava ânimo a Henrique e o ajudava a seguir em frente. Ele, agora, propunha-se a missão de formular a esperança para seu futuro. A esperança com base no concreto, no Amor. Levantou-se e foi tomar café com os pais. À tarde, teria um compromisso bem especial.

CAPÍTULO 3
O ENCONTRO

Gerações (Para meu Pai e seu Pai e o Pai Deste...)

Pai do pai do pai do pai:
Um risco, lá um traço, um fato;
A linha que em frente vai,
Tempo de mim que antes dato.

A história que de mim sai
Já havia antes, já o contato
No tempo que abre e contrai
E nos urge de seu trato...

Estou lá, naqueles antes;
Eles cá, no meu depois
E somos magos bastante.

Não morremos nunca, pois
Nascemos a todo instante
Da vida e morte, dos dois!

Fazia calor naquela tarde de Domingo. Alfredo caminhava pensativo, quando toca o celular: aquele toque era inconfundível e provocava nele sensações maravilhosas, alegres e acolhedoras. Apenas aquela vozinha inconfundível era capaz de causar tamanha transformação e entusiasmo:

— Oi, vovô, tudo bem? Já cheguei e estou te esperando, tá bom? — Alfredo apressa o passo para encontrar o neto querido, pessoinha maravilhosa e sempre tão alegre. Nem acreditava que ele já era quase um homem, dezesseis anos! Pouco lembrava aquele garotinho que o acompanhava nas pescarias. Avistou o neto conversando com seu Dino, dono da sorveteria. Assim que o viu, o neto correu em sua direção e lhe deu um abraço afetuoso. Excitado, o neto disparou:

— Vovô, na sexta tivemos aula de filosofia e falamos sobre a existência de Deus. É bonito analisar como a humanidade foi elaborando a ideia de Deus, das divindades. É difícil acreditar que exista uma entidade onipotente, onisciente e onipresente, que prevê cada passo da nossa vida, mas, ao mesmo tempo, é estranho admitir que o Universo e suas formas de vida surgiram por acaso. Talvez a verdade esteja entre estes dois extremos. Alguma força ou ordem cósmica, pertencente ao sagrado, um jogo das formas, o "véu de Maya", como acreditavam os hindus há muitos séculos, quando escreveram os livros de sua tradição.

"Acho triste e assustador viver em um mundo sem Deus, tal como constatou o filósofo Nietzsche. Quem consegue suportar viver em um mundo sem Deus? Qual seria então o sentido da vida? Como escolhemos nosso propósito de vida? Se a vida não tem sentido, para que viver de forma ética?"

Alfredo ouvia atentamente. As palavras do neto eram música para seus ouvidos, que lucidez, que questionamentos, que análise! Na idade do neto, recorda, ele estaria mais preocupado com o futebol ou com aquela incógnita chamada meninas... O neto era seu orgulho.

— Henrique, por que precisamos de Deus? Por que temos necessidade de algo acima de nós, que nos conforta, que nos oferece a salvação? Não seria Deus uma criação do homem para aliviar suas dores, afastar sua solidão, diminuir sua insegurança, atenuar seus medos, reduzir sua impotência frente aos grandes fatos da vida? Isso sem falar na obsessão pela eternidade, superar o tempo?

— Mas, vovô — interrompe o neto — é duro admitir que vivemos ao acaso, que não existe um plano para nós, ter forças para seguir numa condição de solidão extrema, imperfeição e limitação. Precisamos de um herói que nos dê forças, que nos anime, que nos acolha, um pai eterno que também assegure nossa eternidade.

Alfredo pondera:

— Você tem razão, neto querido. A condição humana é desafiadora. Estar ciente da nossa solidão, da finitude e de que tudo pode acabar de repente num piscar de olhos é aterrorizante. E, ainda assim, criar um projeto de vida, suportar as limitações, ter ânimo para seguir em frente. É preciso superação. *A medida do real valor de um espírito é testada pela sua capacidade de encarar a verdade sem negar a vida nem se entregar ao completo desespero.* Por isso, sempre admirei sua avó, que força interior! Com ela, tive apoio para criar seu pai e suas tias. Ela era meu porto seguro; meu oásis de tranquilidade, quando chegava cansado à noite. Alguém que me acolhia e espantava meus fantasmas, meus demônios. Que sorte a minha ter conhecido a sua avó!

— Vovô, e como você suportava seguir adiante com tantas incertezas, limitações, medos, enfim?... Como você encontrava forças para enfrentar os desafios da rotina diária?

— Não sei, neto amado. Só sei que foi assim. Vamos vivendo, aguentando, suportando os trancos e barrancos da vida. Sempre acreditei que somos agentes do próprio destino e somos livres para fazer nossas escolhas. Ao mesmo tempo, somos prisioneiros das consequências dessas escolhas.

Naquele momento, ao escutar as próprias palavras ditas ao neto, Alfredo sentiu vergonha pela mentira. No seu exame de consciência, ele sabia que não teve forças para suportar a verdade, os duros fatos que a vida lhe impusera. Flertara com o suicídio, falhara na peregrinação a Santiago com o amigo José Borges e, naquele momento, sua alma estava em desespero, já não esperava mais nada da vida. Abraçava-se novamente à ideia do suicídio. Sua vontade era se abrir ao neto, uma das poucas pessoas no mundo com quem tinha um vínculo afetivo suficientemente forte. Ao mesmo tempo, sentia resistência. Não queria desfazer a imagem de pessoa segura, sábia, que sempre tinha as respostas. Ou, talvez, fosse mesmo a necessidade egoísta de ter uma plateia para si. Ele adorava o palco, sua vida toda estivera no palco da sala de aula, dos púlpitos, das tribunas. A persona Alfredo, o filósofo, professor, intelectual, racional e metafísico ainda era muito presente nele. Sim, seu neto estava na primeira fila do teatro e lhe doía a ideia de ser desmascarado diante dele, na frente de todos. Não podia se desnudar das camadas e mais camadas de verniz e maquiagem daquele personagem construído por vários anos. Somente Carmem conhecia o real Alfredo, o anjo e a besta que habitavam dentro dele, e o amara incondicionalmente. Ele se sentia um farsante, mas aquele disfarce — a farsa — ainda lhe dava algum conforto, prazer, forças para alimentar a alma desamparada. Jamais havia permitido ao neto conhecer o personagem real atrás da figura do avô, seus fantasmas, seus demônios. Não, era demais para ele. Ainda não chegara o momento.

Mudou de assunto.

— Estou planejando uma longa viagem. Tenho pensado na ideia. Preciso mudar de ares, rotina, realidade. Ter contato com diferentes culturas. Com minha experiência e visão de mundo, quero fazer uma nova leitura da humanidade.

— Nossa, vovô, que genial! Você já sabe os lugares para onde vai? Como vai conseguir dinheiro? — Alfredo piscou o olho para o neto: — Sempre tive amigos poderosos, você sabe, devo encontrar algum disposto a financiar esta missão. Preciso preparar um roteiro e convencer meu patrocinador — e caiu na risada. — Mas será uma missão de baixo custo, viagem com mochila, praças. Você sabe que todos adoram ajudar um bom velhinho.

— Puxa, vovô, gostaria de ir com você, me leva junto?

— Claro! — disse Alfredo, com muito prazer. — Se você conseguir financiamento...

— Pode deixar, vovô, tenho algumas economias guardadas. Vou usá-las.

Alfredo congelou, percebia que o neto falava sério. Deu-se conta de que cometera um grande deslize.

Henrique chegou em casa eufórico e foi logo contando a novidade aos pais.

— Vovô me convidou para uma longa viagem. Está buscando um patrocinador. Ainda não sabe bem para onde e quanto tempo levará. Estou animado para fazer companhia a ele nesta viagem. — Olhou para o pai buscando um sinal de consentimento. Notou as maçãs rosadas no rosto. Conhecia bem aquele sinal, não era coisa boa. Prosseguiu: — Eu tenho algumas economias, acho que consigo pagar as passagens.

O pai franziu a testa, ele podia ver as sobrancelhas se encostarem tal qual duas taturanas se beijando. Esboçou um sorriso e tentou a última investida:

— Pai, mãe, posso contar com o apoio de vocês? — O pai foi certeiro: — Henrique, estamos iniciando o ano de seu vestibular, acredito que esta é a prioridade, meu filho. Pense em todo tempo que você investiu até agora. Não é justo consigo mesmo abandonar tudo para fazer uma viagem com seu avô que, aliás, acho que não está batendo muito bem da cabeça. Vou conversar com ele.

A mãe tentou-a sedução:

— Filho, fizemos vários sacrifícios para chegar até aqui. Você é um dos melhores alunos da escola, terá com certeza um futuro brilhante, um grande economista, não é isto que você quer?

— Sim, mamãe, estou empolgado com meu futuro, mas uma viagem com meu avô é inadiável, entende? Sou jovem, um ano não vai fazer diferença na minha vida, mas talvez esta seja a última viagem que eu faça com meu avô, vocês já pararam para refletir sobre isso? — Silêncio absoluto, escutava-se a respiração dos três. Muita tensão no ar, sentimentos aflorados. O pai foi categórico:

— Filho, você não terá nossa permissão para viajar. Depois dos exames, você poderá fazer quantas viagens quiser. Mas esta é minha decisão final e ponto.

Henrique saiu cabisbaixo e frustrado. Era possível sentir aquela chama acesa, uma viagem com o avô era imperdível! Precisava fazer algo. Urgente. E tinha pouco tempo.

Alfredo chegou na casa do filho logo de madrugada. Sabia que ele estaria no porão fazendo os preparativos para a semana. A vida de caminhoneiro é exigente e honrada. "Precisa de muita disciplina", pensou ele. Pegou um copo de café na cozinha e foi ao seu encontro.

— Viagem longa desta vez? — o filho permaneceu calado. Pelo visto, a novidade chegara rápido por conta da euforia do neto. Conhecia o filho, desde pequeno represava os sentimentos, evitava conflitos, era igualzinho à mãe.

— Vou para o sul, viagem de dez dias, preciso arrecadar verba extra para pagar as inscrições do Henrique nos exames. Quer dizer, se ele não resolver jogar o futuro pra cima por causa de seu avô maluco — disse com sarcasmo.

Alfredo enrubesceu.

— Olha, filho, sinto muito, não deveria ter feito isto. Mas se você pensar por outra perspectiva, essa viagem poderá ser boa para ele... — De repente, o filho não se conteve: — Por que você não nos deixa em paz? Não me importo se você seguir fazendo suas asneiras, desde que não venha afetar nossa família. Desde que a mamãe faleceu, você vem sendo um peso para nós. Sinto vergonha das suas atitudes na rua, diante de meus amigos, das suas bebedeiras. Por que você não toma umas e depois pula do forte de Monte Serrat?

Alfredo se assustou com a agressividade do filho. E reagiu:

— Eu exijo respeito porque ainda sou seu pai. Admito que tenho sido um fardo para vocês. Eu já tentei ir embora, mas por algum motivo Deus me manteve vivo. Talvez para perambular como um morto-vivo. Mas será que você não está colocando muita pressão e responsabilidade nas costas do menino? Ele merece ser visto como a salvação da família? Ele deve carregar o peso da frustração do pai? Sempre te apoiei nos seus projetos, mas confesso que no fundo esperei algo diferente para você. Você tinha potencial para ir mais longe, mas jogou tudo fora por causa de uma gravidez inconsequente, totalmente evitável.

O filho rebateu:

— Não admito que você venha na minha casa dizer estes desaforos na minha cara. A gravidez inconsequente se chama Henrique e é a pessoa que mais amo neste mundo. Você que tem inveja de mim porque tive coragem de escolher um destino que não era o programado... Abri mão de um futuro "brilhante", acadêmico, tudo o que você esperava. Escolhi sustentar a minha família e estou feliz com isso. — Alfredo baixou o tom. Era hora de recuar:

— Estou confuso. Se você está feliz com suas escolhas, por que não deixa o Henrique fazer as dele? Esta viagem pode realmente transformá-lo. Dar uma dimensão humana e experiência de vida inalcançáveis nos bancos escolares. A educação de um jovem não pode ser somente quantitativa e informativa. Deve prepará-lo para o mundo. Ele continuará sendo um ótimo aluno e, arrisco a dizer, será um ser humano mais completo depois desta viagem.

O filho retrucou:

— Agora você vem com suas lições de moral. Esse discurso lindo e teórico, repleto de razão. Depois que a mamãe morreu, você desistiu da vida. Eu fiquei com a família nas costas, a minha, das minhas irmãs. Você foi o ser mais egoísta do mundo. Não pensou em nós, ficou apenas ardendo na sua autocomiseração e esqueceu que a vida continua para todos que ficam. E não pudemos contar com seu apoio. Ao contrário, só tivemos trabalho com você...

— Você não sabe do que está falando. Desconhece a dor de perder uma companheira de uma vida inteira. Sua mãe era tudo para mim.

— E eu e minhas irmãs, o que significávamos para você? Estávamos com você, dando todo apoio, sofrendo também com a morte da mama. Você sabe, eu fui na funerária tomar todas as providências, carreguei o corpo da mama quando ela parou de respirar, na hora da Ave-Maria... Eu e minhas irmãs sofremos a perda, cada um de sua forma, e você nos fez absolutamente invisíveis quando desistiu de tudo; nos sentimos um nada neste mundo.

Alfredo emudecera, os olhos marejados de lágrimas. As palavras do filho calaram fundo. E estavam certas. Ele os abandonara no pior momento da vida da família. E fizera exatamente o contrário que sua amada Carmem lhe pedira. Ele sabia. Levaria esta ferida consigo para o resto da vida.

— Filho, eu sinto muito, você tem toda razão. Minhas atitudes não foram dignas de um pai. Só sinto que você carregou esta mágoa demasiado tempo.

O filho permaneceu calado. Alfredo sentira haver esbarrado na Muralha da China. O filho estava irredutível. Arriscou um último argumento:

— Se você tivesse que viver a sua vida, esta mesma vida, cem, mil vezes, você continuaria a vivê-la da mesma forma?

— Claro que não — respondeu ele. — Com a experiência que tenho hoje, tomaria outras decisões, até mesmo a de fazer uma faculdade, como eu quero que o Henrique faça.

— Então, meu filho, deixe o seu filho fazer as escolhas dele. Se ele se arrepender, ele ainda será muito jovem para seguir outros caminhos. Mas não seja responsável por definir seu futuro. Ele poderá usar essa desculpa para responsabilizá-lo pelas escolhas dele. Permita a seu filho arcar com as consequências das próprias escolhas. Quanto a mim, não se preocupe, não irei mais importuná-los. Só quero que saiba que o amo mais do que tudo e quero sua felicidade — e saiu caminhando cabisbaixo.

Os primeiros raios de sol despontavam no espelho d'água da Baía de Todos os Santos. Da Sagrada Colina, Alfredo podia ver os primeiros barcos de pescadores que saíam para mais um dia de trabalho. Admirou a paisagem e se sentiu abençoado por ter nascido naquela terra. Avistou o coroinha chegando para a missa das seis e meia. Recordou-se da época em que, menino, chegava no mesmo horário. "Vamos, Alfredo, Nosso Senhor espera por nós, e não se esqueça de tocar o sino da eucaristia, é preciso chamar o Cordeiro de Deus, senão ele não vem", dizia o padre Hipólito. Sentiu saudades dos tempos de criança, da juventude cheia de sonhos por realizar. Onde estava aquele Alfredo? Quando o havia abandonado? Onde buscar forças para prosseguir?

Por que sua vida desmoronara depois da partida de Carmem? Por onde recomeçar? Sentia que a viagem poderia ser uma resposta. Ou pelo menos uma maneira de buscar as respostas.

Pediu um sorvete de graviola, seu preferido, ao amigo Dino.

— Que olhar triste hoje, compadre, está meio borocochô, de caruara?

— Tive uma discussão difícil com meu filho, coisas de família. Mas os fantasmas voltaram para me assustar. Preciso fugir deles...

— Não é fácil, amigo, família é assim mesmo. Sangue do nosso sangue. Brigamos e depois fazemos as pazes. De uns tempos para cá, tenho parado de brigar com minha mulher. Passamos a aceitar mais um ao outro. Me parece que o segredo da felicidade, muitas vezes, está em ficar quieto, em não fazer nada. Já estamos há tanto tempo juntos. Para que tentar mudar o outro e suas manias? Como diz a turma por aí, aceita que dói menos... —e caíram na risada.

— Quanto a mim, não fui muito inteligente com minha Carminha, vivia brigando com ela, querendo que ela mudasse, que fosse mais racional, mais organizada, mais parecida comigo. Tínhamos brigas intermináveis. Perdi a conta das vezes que bati a porta de casa e passei a noite na rua, bebendo. Voltava murcho, com o rabo entre as pernas, com cara de cachorro mocho, pedindo para ser aceito de volta. Que paciência ela teve comigo, compadre...

— Olha, não é o nosso neto que vem por ali? — espantou-se seu Dino. — Por que tão cedo?

— Bom dia, vovô! Bom dia, seu Dino! — Henrique mal respirava de tanta excitação. — Vovô, aconteceu um milagre!

O papai, finalmente, me deixou viajar com o senhor — os olhos de Alfredo brilharam. E, depois de muito tempo, sentiu um sopro de energia inexplicável invadir seu espírito.

CAPÍTULO 4

TAO

Toda procura fora
Faz achar algo dentro.
Viajar é como fechar a porta
E não sair de si.

E sair para si.
Os países se sucedem
Como fossem eus
Pendentes de um mesmo Ego original.

As cenas se compõem numa teoria:
Rios, planícies, vales, aldeias,
São as partes de um si.

É isto! Tudo é isto, diria;
No mais, lavemos as meias,
Que amanhã já se parte daqui.

Alfredo e Henrique desembarcaram em Beijing após mais de vinte horas de voo. Mochilas nas costas, vestimentas confortáveis e um roteiro ainda desconhecido que se revelaria aos poucos para Alfredo durante a viagem. Segundo ele, a China era o primeiro destino porque foi lá que se desenvolveram as primeiras formas de governo, filosofia e ciência na humanidade. De fato, a descoberta da China pelos ocidentais impulsionou o desenvolvimento científico, as guerras, as grandes navegações e o comércio, algo que os chineses já praticavam há bastante tempo. Entretanto, os grandes pensadores chineses foram ofuscados pelo desenvolvimento da filosofia ocidental que coloca os gregos como a primeira sociedade capaz de estruturar o pensamento filosófico, sobretudo a partir de Sócrates, Platão e Aristóteles.

— Esta forma de estruturar o desenvolvimento da ciência e da filosofia no "grecocentrismo" desestimulou a presença dos grandes pensadores chineses na sociedade ocidental — explicava Alfredo ao neto. — Para surpresa de muitos, boa parte dos filósofos e pensadores chineses já haviam desenvolvido conceitos similares aos dos gregos, inclusive em épocas semelhantes, mas não despertaram o interesse, talvez pela barreira do idioma. Talvez o primeiro grande filósofo ocidental a descobrir a filosofia oriental tenha sido Schopenhauer, cuja obra demonstra forte influência daquele pensamento.

Alfredo avistou um rosto conhecido, castigado pelo tempo e portando uma elegante bengala. Logo fez reverência ao velho amigo:

— Quanto tempo, Sheng Li! Os anos lhe fizeram muito bem.

— Que bondade sua, Alfredo! Você sempre tão cortês. Faz realmente muito tempo. Vinte anos são uma vida. Até parece que foi ontem que fizemos aquele curso de Teologia na sua querida Bahia. Venham, venham, minha neta está nos esperando no estacionamento. Sofri um acidente grave há dois anos, agora ando permanentemente com esta muleta companheira. Peço-lhes um pouco de paciência porque meu ritmo é bastante lento, mas é consistente... — riu-se.

— Impressionante como você nunca perde o humor, querido amigo. Sempre consegue enxergar o lado positivo das coisas.

Chegando ao estacionamento, encontraram uma jovem de longos cabelos negros, pele clara como a neve, que abriu um grande sorriso para Alfredo.

— Finalmente vou ter a honra de conhecer o grande filósofo brasileiro, do qual o vovô me conta tanto. Muito prazer, me chamo Zhong Li. — Alfredo mal podia acreditar. Deu um beijo carinhoso na testa da jovem: — Este aqui é meu neto Henrique.

O rapaz cumprimentou Zhong Li e percebeu enrubescerem as maçãs do rosto da jovem. Sentiu aquele frio na barriga, uma sensação boa invadindo o corpo; parecia que se conheciam há muito tempo. Um perfume adocicado ressaltava a delicadeza da jovem, os olhos pequeninos e expressivos brilhavam de alegria e curiosidade. Sim, aquela expressão lembrava o olhar da vovó Carmem, quando ele ia mostrar os castelos de areia na praia. Um olhar acolhedor, puro, sincero. A conexão entre os dois foi rápida.

— Vamos, vamos, temos uma hora de viagem até nossa casa na cidade de Yangjinzhuang, próxima do grande cânion de Jingdong.

Durante o percurso, Alfredo pôs-se a contar os últimos acontecimentos da família ao amigo. A morte de Carmem deixou o chinês bastante triste. Lembrava-se sempre de sua alegria, pureza e, principalmente, de sua hospitalidade na última viagem feita ao Brasil. Ela, pessoalmente, dedicara vários dias a mostrar-lhe diversos lugares da Bahia, principalmente as igrejas, os mosteiros, as universidades, as praias.

— Sabe, Alfredo, eu visitei poucos lugares no mundo em que fui tão bem recebido, bem acolhido. Por vocês, pelo povo, quanta alegria, quanta paixão pela vida. O brasileiro, o baiano, é uma fonte inesgotável de vontade de viver, sabe aproveitar cada momento com intensidade. Sempre positivos, de fato têm muita similaridade com a tradição milenar do meu povo. Nossos ancestrais nos ensinaram que o único objetivo que um homem ou mulher pode ter é tornar-se tão bom quanto possível. Este espírito de benevolência eu pude sentir nas pessoas quando estive no seu país e na sua terra natal. — Alfredo ficou lisonjeado com as palavras do amigo. Ao mesmo tempo, admirava a paisagem deste novo país. De fato, a China tornara-se uma potência econômica e tecnológica. Os sinais deste crescimento acelerado podiam ser vistos pela quantidade de arranha-céus em construção perfilados ao longo do caminho e pelos trens de alta velocidade que cortavam as estradas. É no mínimo intrigante entender os motivos do sucesso do capitalismo chinês mesclado ao estatismo político. O mistério chinês ainda está para ser desvendado por economistas, cientistas políticos e sociais... É um fenômeno incomum no mundo atual e tem-se mostrado de inigualável inteligência prática aplicada. Reproduzir a fórmula do sucesso chinês, que também tem seus revezes às liberdades individuais e ao meio ambiente, será muito difícil para qualquer país.

O carro parou diante de uma modesta casa de madeira, emoldurada por um jardim bonito e bem cuidado. Na porta, encontrava-se a senhora Li. Com sorriso acolhedor, ela deu as boas-vindas aos visitantes.

— Bem-vindos a nossa casa. Ficamos honrados em recebê-los e faremos o que estiver ao nosso alcance para que se sintam bem! — Alfredo cumprimentou a senhora Li e agradeceu.

— Nós nos sentimos distinguidos em passar alguns dias na companhia da família e reforçar os laços de amizade entre nós. Aqui está meu neto Henrique. Espero que os vínculos de amizade prosperem pelas próximas gerações.

— Muito bom, vocês devem estar cansados e com fome. Preparei um chá, é como damos boas-vindas aos amigos na nossa cultura.

— Estamos felizes com a visita de vocês. Zhong Li e eu preparamos um roteiro para os próximos dias. Queremos compartilhar nossas raízes, nossa cultura e nossas belezas naturais. Ela estuda História na Universidade de Beijing, no primeiro ano. Pode nos ajudar a organizar as ideias e conceitos. — Henrique sentiu falta da menção aos pais de Zhong Li. Achou indelicado perguntar em tão pouco tempo e comentou: — Tenho muita curiosidade em aprender sobre os grandes filósofos chineses. No mundo ocidental, não os estudamos e temos um olhar concentrado nos filósofos de lá.

— Sim — respondeu Zhong Li. — Falaremos bastante sobre Lao-Tsé, Confúcio e Buda. Vários chineses são adeptos do zen-budismo, como a vovó. Agora acho que precisam descansar um pouco. A viagem foi longa. Vou levá-los para conhecerem seus aposentos. — A jovem conduziu avô e neto ao andar superior. O quarto tinha duas camas, um guarda-roupa, um criado-mudo e duas luminárias coloridas. Um aroma de alfazema e limão perfumava o ambiente. Na parede, quadros chineses mostravam casas, povoados, animais, uma garça e patos numa lagoa, sob o pôr do sol.

Após o banho, os dois adormeceram pesadamente. No meio da noite, Henrique ouviu um grito terrível. Parecia vir do quarto de Zhong Li. Soluços e choro... Passos no corredor. Pôde escutar a voz da senhora Li sussurrando algumas palavras. Em seguida, ela cantou uma melodia suave, parecida a uma canção de ninar que ele próprio ouvia de sua mãe, quando era pequeno. Olhou para o avô que dormia profundamente ao lado. Henrique ficou pensativo. Havia algo estranho e, provavelmente, com o tempo seria revelado.

Na manhã seguinte, foram conhecer o Palácio de Verão do Imperador ou Yiheyuan, localizado a noroeste de Beijing. Zhong Li explicou:

— É uma construção de 1644, e foi utilizada pelos imperadores da dinastia Qing. O palácio apresenta centenas de edifícios arquitetônicos distintos: salões, pavilhões, templos, pontes e corredores dispersos entre jardins magníficos e elegantes. É uma obra-prima da jardinagem.

Iniciaram pelo Salão da Virtude e Harmonia, o maior teatro da dinastia Qing. Havia uma exposição permanente sobre Lao-Tsé. Logo na entrada, avistaram a figura de um homem sentado em um búfalo.

— Este é o retrato de Lao-Tsé, místico e filósofo, a quem são atribuídos os escritos do Tao Te Ching ou Livro do Caminho e da Virtude. Na tradição zen-budista, a domesticação do búfalo é associada ao caminho da iluminação. — Prosseguiu a jovem: — O Tao (o Caminho) é atingido por meio da *wu wei* (não ação). Ele é, ao mesmo tempo, a raiz de todas as coisas visíveis e invisíveis, e a fonte de toda a existência. Para atingir um estado *wu wei*, é necessária uma vida solitária de meditação e reflexão; viver com paz, simplicidade e tranquilidade; agir ponderadamente e não por impulso; e agir em harmonia com a natureza. Lao-Tsé dizia que conhecer os outros é inteligência, mas conhecer a si mesmo é a verdadeira sabedoria. — Dentro do salão, encontraram algumas poesias do Tao e uma delas chamou a atenção de Henrique:

O Tao que pode ser ensinado
Não é o Tao eterno
O nome que pode ser falado
Não é o nome eterno
O inominável é o eterno real
Nomear é a origem de todas as coisas separadas.
Livre do desejo você vê o mistério,
Preso no desejo você vê apenas as manifestações
No entanto, mistério e manifestações surgem da mesma fonte.
Essa fonte é chamada Escuridão,
Escuridão dentro da Escuridão:
O portal para todo o entendimento.

Henrique percebeu atento a simplicidade e a profundidade dos versos.

— Quer dizer que os nomes são a origem de todas as coisas separadas?

— Sim. Quando nomeamos as coisas, estamos criando rótulos na linguagem. Com isso, reduzimos a existência desta coisa em um sentido oculto que não necessariamente a representa em sua totalidade, é um tipo de reducionismo. É bem parecido com o conceito de Platão para o mundo das ideias ou suprassensível. Recordemos que, a partir daí, Platão criou o mundo ideal e Aristóteles o transformou na metafísica. Ou seja, as coisas passam a ter um sentido além do mundo físico. E a linguagem absorveu esses rótulos ou conceitos ideais. Naquele tempo, Lao-Tsé já nos alertava que a existência é uma só. Portanto, é necessário ter um olhar diferente para o mistério, o sagrado, que ele denomina *Escuridão*. Para isso, é preciso livrar-se do desejo, do desejo do julgamento, dos preconceitos.

Alfredo, que caminhava junto, impressionou-se com o conhecimento da jovem. Havia muita verdade e poder nas palavras de Lao-Tsé. De fato, ele nunca havia percebido a metafísica sob este ponto de vista. E o sábio chinês estava certo. A existência, o mistério, o sagrado, não podem ser reduzidos a nomes ou conceitos ideais. Cada coisa existe por si só. O mundo ideal cria uma distância e uma distorção entre a existência e a essência. E somente a existência das coisas é aquilo que percebemos através dos sentidos.

Caminharam por horas nos jardins do palácio. A cada momento, a jovem demonstrava desenvoltura e conhecimento das tradições chinesas. Henrique observava seu jeito delicado, a suavidade no falar. Quando ela sorria, baixava os olhos e a cabeça, mas quando erguia novamente, seus olhos procuravam os dele. Começava a sentir uma proximidade boa e estranha, para tão pouco tempo. Alfredo também observava o comportamento dos dois e percebia a identificação e o sentimento de amizade aflorarem aos poucos.

Chegaram no lago Kunming e avistaram a grande Torre de Incenso Budista, com mais de quarenta metros.

— Este é o lago de pesca preferido dos imperadores. Quando me trazia aqui, meu avô fingia que ia tirar a roupa e se jogar no lago. Eu ficava com medo e furiosa com ele.

— Não se preocupe, todos os avôs são parecidos. Meu avô também fazia várias brincadeiras comigo. Seus pais vinham com você aqui?

Zhong Li baixou a cabeça com ar de melancolia.

— Meus pais morreram quando eu era bem pequena. Meus avós me criaram.

— Sinto muito pela sua perda — Henrique perdeu as palavras e permaneceram admirando o lago por um certo tempo. O céu, as nuvens, os palácios eram nitidamente refletidos na superfície do lago. De vez em quando, uma carpa vermelha subia à superfície, que se agitava em círculos. O silêncio contribuía para a mágica e profundidade da paisagem. Um dos versos de Lao-Tsé descrevia bem o momento: "O inominável é o eterno real."

Almoçaram num restaurante próximo e seguiram caminhando, até pararem na exposição sobre Confúcio.

— Ele foi um pensador e filósofo nascido no século V antes de Cristo. A filosofia de Confúcio expõe uma moralidade pessoal e governamental, procedimentos corretos nas relações sociais, a justiça e a sinceridade. — Continuou a jovem: — Os ensinamentos de Confúcio estão na obra *Analectos*, aforismos organizados por discípulos muitos anos depois de sua morte. Por trás da busca de Confúcio da essência ideal da moral, está o pressuposto de que o único objetivo que um homem pode ter, e também a única coisa válida que pode fazer, é tornar-se um homem tão bom quanto possível. Isso é algo que deve ser alcançado por si só, independentemente do sucesso ou fracasso. Portanto, a busca da benevolência é um valor ético por si só.

"O cumprimento dos ritos, a coerência entre o que diz e o que faz e a obrigação dos governantes de estar a serviço do povo complementam o primeiro sistema ético chinês, definido por Confúcio." — E a jovem não interrompeu a fala: — Ele também fez do amor natural e das obrigações entre membros da família a base da moralidade. Concluiu logicamente que ser um bom filho e um jovem obediente é a base do caráter de um homem. — Henrique, espontaneamente, deu-se conta de que Confúcio tem a mesma importância para a cultura oriental que Jesus para a ocidental.

Os olhos de Henrique brilhavam a cada explicação da jovem. Chamou sua atenção o fato de Confúcio, Lao-Tsé, Buda, Sócrates e Platão surgirem pela mesma época e em locais distintos. É como se a filosofia houvesse escolhido uma época certa para florescer em todos os lugares. "Confúcio e Sócrates se conheceram?", perguntou-se Henrique. Os bons livros nos dizem não ser provável, mas o interessante é que Confúcio tem uma expressão bem parecida com a expressão do grego quando afirmava que o mais sábio é aquele que sabe que não sabe. Confúcio disse ao discípulo Tzu-Yu: "Yu, vou lhe contar o que há para saber. Dizer que você sabe quando você sabe, e dizer que você não sabe quando não sabe: isso é conhecimento."

Era quase noite quando voltaram à residência dos Li. A senhora Li estava meditando no jardim, na tradicional posição budista. Nada parecia afetá-la. Era possível ouvir o som de sua respiração. Ao entrarem, Alfredo parabenizou o antigo conhecido:

— Você criou uma joia rara, meu amigo. Hoje tivemos uma aula de taoísmo e de confucionismo. Quanto talento, quanta clareza, essa moça vai longe. — Sheng estava sentado próximo à lareira: — Nossa neta é uma pérola preciosa, com certeza será bem-sucedida na sua futura carreira. A China está crescendo e há muitas oportunidades de trabalho na área da educação. Ela é o nosso orgulho.

Após o jantar, Zhong Li, alegando cansaço, pediu licença para se recolher. O dia fora intenso para ela. E a presença de Henrique lhe provocava uma sensação estranha, um sentimento que nunca havia tido antes. O jovem era diferente dos amigos e colegas de faculdade. Sabia escutar ativamente, sabia se colocar com respeito e assertividade. Estava sempre ávido a aprender. E seus olhos transmitiam paz e tranquilidade. Ela mal podia controlar-se em retribuir os olhares de Henrique.

A senhora Li iniciou a conversa:

— Não sei se os gritos de ontem perturbaram o sono de vocês, peço desculpas. Zhong Li tem um pesadelo recorrente desde pequena, após a perda dos pais.

Alfredo minimizou:

— Nossa, estava tão cansado que adormeci profundamente, não ouvimos nada. Ela comentou algo conosco hoje durante o dia. Deve ter sido difícil para toda a família.

Sheng encheu novamente a xícara de chá e prosseguiu:

— Estávamos na véspera do Ano-Novo chinês, eu e minha esposa preparávamos a casa para receber nosso filho, nora e netos, Zhong Li e o irmão mais velho. Era uma viagem de três horas de onde eles moravam até aqui. Estava próximo do pôr do sol quando recebi a mensagem. Num cruzamento, o carro deles foi abalroado por um caminhão. Meu filho e minha nora faleceram no local. Meu neto faleceu a caminho do hospital. Zhong Li, arremessada pela janela, caiu, por sorte, num matagal, que amorteceu sua queda. Sofreu fraturas, passou por cirurgias, porém, tinha só três anos e seu corpo tinha energia de vida para se recuperar. No entanto, ela traz até hoje as cicatrizes, físicas e emocionais. Assim como eu e a esposa. Por vários meses, buscamos entender o sentido desta fatalidade nas nossas vidas. Através dos ensinamentos do Tao, percebemos que Zhong Li era nossa oportunidade de reconstruir nossas vidas. Nós nos apegamos com fervor a esta causa e fizemos o possível para dar à menina uma boa educação, com valores e princípios. Quero imaginar que conseguimos. Porém, ela sofre calada com a ausência dos pais e do irmão. Tem, com frequência, o pesadelo. Já a levamos a vários especialistas, procuramos diversos tratamentos e nada.

Alfredo quis confortar o casal:

— Na minha vida, já vi vários casos difíceis de fatalidade. Tento alcançar a dor que vocês passaram. Como sabem agora, perdi minha companheira de toda uma jornada. Sigo sem me recuperar... Vocês perderam o futuro, o legado. Zhong Li é a esperança de continuidade desse legado. Ela seguirá com todos vocês juntos e passará para a próxima geração todos os valores e costumes da família. Vocês fizeram um ótimo trabalho. Acredito que a jovem está pronta para seguir fazendo suas escolhas com sabedoria e coragem. Coragem que herdou dos seus avós. — O casal amigo se abraçou. Alfredo e Henrique serviram-se de mais chá. Parece que a dor represada ao longo de anos aflorara naquele momento. De fato, eles não tinham tantos amigos, tampouco podiam colocar seus sentimentos diante da jovem. Aos poucos, se consolaram. As palavras de Alfredo provocaram um sentimento de libertação no casal Li. O reconhecimento da coragem e do heroísmo por enfrentar uma situação difícil e superar com altivez e integridade... Paz e silêncio tomaram conta do ambiente. A paz do dever cumprido, do trabalho benfeito, daqueles que fizeram o melhor de suas possibilidades. Em chinês, é definido pela palavra *Chung*. Não seria este momento a melhor metáfora para quem verdadeiramente alcançou o paraíso?

Após se deitar, Alfredo pensou no casal Li e sua perda. Sentiu-se envergonhado por contrapor sua dor pela perda de Carmem. Deu-se conta de não haver sido um bom ouvinte, mas sim egoísta. E sentiu-se pequeno diante do heroísmo do casal ao restabelecer a vida e prosseguir.

Zhong Li tornara-se o projeto dos dois, era a verdade pela qual valia a pena viver e morrer. E não havia nada de errado nisso. A jovem era a única esperança de perpetuação do legado da família e eles honraram esse legado, dedicando-se a ela com afinco e compromisso.

E ele, Alfredo, como faria para reencontrar sua verdade? Até a morte de Carmem, o amor da mulher era a *sua* verdade. Agora, precisava de outra chama para ir em frente. Olhou para o neto adormecido. "O que você faria, Pretinha? Será que estou fazendo o certo? Será que esta viagem vai ajudar a mim e a nosso neto? Em que sentido? E a vida, será que tem sentido algum?"

No dia seguinte, Sheng convidou o amigo para pescar no riacho preferido dele, próximo ao grande cânion de Jingdong, enquanto Zhong Li levou Henrique para conhecer uma parte da muralha da China, perto de Beijing.

Sheng havia preparado minuciosamente todos os apetrechos de pesca, varas, anzol, iscas, rede, lanches. Era seu passatempo favorito. Assim como o de Alfredo. Os dois saíram animados, feito duas crianças, dois amigos que querem apenas boas horas de diversão. O clima estava ameno, céu azul e poucas nuvens no céu. Chegaram a um pequeno riacho, o rio gelado corria entre as pedras. Sheng logo identificou um ponto estratégico, onde os peixes se concentravam para buscar alimento, e começou a preparar varas e iscas. A luz do sol se espelhava nas águas correntes, como uma dança de luzes e cores de um prisma. O silêncio e a paciência são as maiores virtudes de um bom pescador. Quase um exercício de meditação, esperando aquele raro momento que o peixe fisgará o anzol. Sheng demonstrou ser hábil na pescaria. Os peixes de rio são mais ariscos do que os de mar, mais gulosos e afoitos. No rio, o espaço é menor e qualquer ruído ou movimento diferente os afugenta. Em apenas uma hora de pescaria, havia pegado vários peixes. Alfredo ainda estava no segundo. Ficou impaciente com a destreza do amigo e resolveu se aproximar da margem, apesar do alerta de Sheng para o risco de escorregar nas pedras.

— Fique tranquilo, tenho experiência em pescar nas pedras, nas praias..." — Em alguns minutos, Alfredo notou um forte puxão na vara, que o surpreendeu. Tentou apoiar o pé numa pedra, mas ela estava muito lisa. Escorregou e só foi parar dentro do riacho. Cheng estendeu sua vara de pescar para o amigo e começou a trazê-lo, com força, em direção à margem. Olharam-se e começaram a rir. Gargalhadas boas e sinceras. Alfredo puxou o amigo para dentro d'água, com roupa e tudo, e os dois continuaram a rir. O calor do sol e a água gelada davam uma sensação boa de liberdade. Tiraram as roupas e permaneceram nas margens do riacho, refrescando-se e admirando a paisagem. Eram duas crianças, nuas, e o que lhes importava era, naquele exato momento, tudo quanto podiam perceber pela sinestesia dos sentidos. O cheiro da terra úmida, o gelo e o sussurrar da água, o calor do sol, o verde da grama. Sheng interrompeu o silêncio:

— No final da vida, Confúcio admitiu que ser sábio é saber voltar a ser criança, esquecer o que aprendeu várias vezes e aproveitar os bons momentos da vida. Aos setenta anos, pediu a seus discípulos, na primavera, para ir tomar banho de rio e aproveitar a brisa da montanha. Lembrei-me disso ao ver-nos aqui assim. Obrigado, meu amigo, pelas suas palavras de ontem. Trouxe-nos conforto. Espero poder retribuir de alguma forma este momento para você e seu neto.

Alfredo olhou nos olhos do amigo e respondeu:

— É para isso que servem os verdadeiros amigos. Vocês nos deram ontem o melhor presente possível. Deram o exemplo de vida, o lado humano. E isto basta. Aprendemos mais com uma ação do que com mil palavras.

Zhong Li e Henrique chegaram bem cedo a um trecho da Grande Muralha da China. Soprava a brisa gelada da manhã e um leve nevoeiro se formou. Ela iniciou:

— A Grande Muralha da China é uma construção de pedra, tijolo, terra compactada, madeira, erguida ao longo de uma linha pelas fronteiras históricas do Norte. Era uma proteção contra invasões. As primeiras foram levantadas há setecentos anos antes da era cristã e depois unidas e tornadas maiores e mais fortes. O governo chinês tem reformado trechos da muralha para preservar este patrimônio da humanidade.

Henrique observava atentamente. A admiração por ela crescia, juntamente ao sentimento de amizade e proximidade.

— Imagino quantas vidas humanas contribuíram para a construção desta muralha, vidas inteiras dedicadas, voluntárias ou à força.

— Sim, Henrique, um dos motivos da construção da muralha era dar ocupação aos escravos obtidos como espólio de guerra, aos soldados desempregados, aos fora da lei, enfim, uma grande quantidade de energia humana empregada para a construção desta obra majestosa, cujo desenho é possível de observar da órbita da Terra.

"Minha avó contou que meus pais sempre levavam meu irmão e a mim para conhecermos trechos da muralha. Meu pai me carregava em uma bolsa a tiracolo e minha mãe trazia meu irmão maior de mãos dadas. Não recordo bem, vejo através do álbum de fotografias que fica no armário da vovó, mas me lembro da sensação da brisa em meu rosto. Este trecho era um dos preferidos dele, porque do alto é possível ver um relance da cidade de Beijing. Fazíamos piquenique aqui do alto e admirávamos a paisagem."

A jovem parou de caminhar e sentou numa mureta próxima a uma das guaritas usadas para vigiar a muralha.

— Sempre que venho aqui, me sinto mais perto deles. É que me conforta pensar que eles estão em algum lugar, de alguma forma, me observando e zelando por mim. Uma sensação de proteção e conforto difícil de descrever objetivamente, apenas possível de sentir. — Lágrimas reverberaram nos olhos dela. Henrique ficou sem graça, sem ação. Intuitivamente, abraçou Zhong Li, que encostou a cabeça em seu ombro e aconchegou-se a ele. Ficaram um tempo abraçados. O poder do silêncio é subestimado pelos humanos. Às vezes, o melhor a fazer é nada dizer. Apenas deixar fluir as emoções. O momento de comunhão entre os dois estreitou os laços, reforçou a conexão. O silêncio era a pura expressão do Sagrado, do Não-Manifesto, agindo sobre os dois; ou a Escuridão, nos termos de Lao-Tsé. Mais calma, a jovem prosseguiu:

— Tenho um pesadelo recorrente que me assombra. Estamos todos juntos numa sala bem parecida com a da casa da vovó. Estamos conversando num clima agradável. De repente, meu pai começa a desaparecer, primeiro as pernas, depois os braços, o tronco, a cabeça. Angustiada, tento abraçá-lo, consigo sentir o cheiro dele. Logo depois, minha mãe. Em vão, assisto a tudo impotente. Uma angústia enorme se apodera de mim. Começo a gritar e a chamar por eles. E, neste processo, segue meu irmão, depois minha avó e por último meu avô Sheng. Olho para as minhas pernas e elas começam a desaparecer também. Entro em desespero, sinto falta de ar, começo a ficar sufocada, grito. Acordo, muitas vezes chorando e soluçando, nos braços da vovó. Nunca contei a ninguém este sonho, além dos meus avós. Não sei por que tive vontade de compartilhar com você. Obrigada por me escutar. Eu me sinto segura ao seu lado, sinto paz e me acalma o coração.

— É apenas o que está ao meu alcance neste momento. Escutar e acolher. Também me sinto bem. Tenho vontade de ficar horas e mais horas conversando com você, aprendendo.

Um pensamento me ocorreu neste momento. A vovó Carmem sempre me dizia que cada um de nós carrega pela vida o legado e a vivência de seis pessoas, no mínimo. Nossos pais e nossos avós maternos e paternos. Portanto, somos sete pessoas no mínimo, mais os irmãos e tios, se tivermos. Essas pessoas carregamos pela vida inteira. E ela me ensinou, também, que devemos mencionar sempre essas pessoas nas nossas orações. É uma forma de mantê-las vivas conosco, honrar a história de cada uma delas e transmiti-las para as próximas gerações. Para mim, o sentido de família é esse, uma soma de contribuições que se vão acumulando e ajudando a melhorar a humanidade. — Zhong Li se sentiu melhor com as palavras de Henrique. Ela sabia que tinha esta responsabilidade: a de levar adiante o legado de seus pais, de seu irmão, de seus avós. E talvez fosse esta a mensagem do sonho. Mostrar a ela se tratar de uma verdade que ela precisava suportar, aceitar, sem sentir medo. Seria preciso coragem. Mas ela ainda não estava pronta. Ou, pelo menos, pensava não estar.

Os dois caminharam quase o dia inteiro pelas muralhas, conversaram sobre vários temas. Henrique lhe contou sobre o amigo Gabriel e como ficara impactado com sua morte. Contou sobre a infância com os pais, os avós. Divertiram-se com as histórias de pescarias dele e do avô. Retornaram tarde para casa, quase noite. Os avós estavam apreensivos, mas nada disseram.

No jantar, comeram os peixes que os dois avôs trouxeram da pescaria. Riram de suas aventuras. A senhora Li notara que Zhong Li estava diferente, mais leve, menos contida, mais comunicativa. Ao falar, tocava os braços de Henrique, demonstrando uma intimidade que a preocupava. Não queria que a neta sofresse. Mas ficou calada. Mais tarde, Zhong Li pediu o álbum dos pais para mostrar a Henrique e Alfredo, que se impressionaram com sua semelhança com a mãe, embora a expressão dos olhos fosse do pai. Naquela noite, Henrique fez um pedido incomum ao avô: "Pode me arrumar alguns tipos de lápis e um papel A3 cartonado?" O avô estranhou, mas prometeu conseguir. Henrique lhe entregou a lista.

Nos sete dias que se seguiram, Zhong Li levou Alfredo e Henrique a visitarem mais pontos turísticos de Beijing. Foram à Cidade Proibida, ao Templo do Céu, ao Templo dos Lamas, aos Parques Jingshan e Beihai. Todos os dias intensos e repletos de aprendizados sobre a cultura chinesa. A culinária também fez parte ativa da visita. Comeram em feiras as iguarias, incluindo o famoso gafanhoto ao chocolate no palito, tofu recheado, bolinhos de peixe, pato assado e rolinhos-primavera. Quando retornavam, estavam exaustos e dormiam cedo. Algo, contudo, chamou a atenção de Henrique. Os gritos de Zhong Li, à noite, estavam menos frequentes. Ele notou porque permanecia até tarde trabalhando em seu projeto secreto...

Zhong Li levou Henrique e Alfredo para conhecerem a Universidade de Beijing, fundada em 1898.

— É nossa primeira universidade, considerada uma das melhores — a jovem tinha orgulho de estudar lá e mostrou aos amigos todos os prédios, os cursos e as salas de aula que frequentava. A biblioteca era uma das maiores do mundo e Henrique pôde encontrar livros até em português, como os de Fernando Pessoa.

※

Já estava próximo o dia da viagem para o destino seguinte. Henrique sentia o coração apertado. Difícil despedir-se da família Li, principalmente da jovem. Enfim, chegou o dia. Sheng e a neta foram levar os dois visitantes ao aeroporto. Antes de partir, Alfredo presenteou a senhora Li com uma imagem dourada de Buda. Henrique presenteou a família com várias fitas da igreja do Bonfim.

No aeroporto, já no portão de embarque, Zhong Li deu a Henrique uma corrente com a imagem do Baguá, símbolo do Feng Shui. Abraçaram-se. Henrique apertou forte as mãos da jovem.

— Seu presente está no seu quarto — sorriu com a expressão de espanto no rosto dela. Seu avô também fez ar de mistério, como se de nada soubesse. Enquanto se afastava no corredor, Henrique gravou nítida na memória a visão da jovem, que o fitava... Era aquela a imagem que desejava guardar para sempre. Um adeus ou um até breve? Somente o destino poderia dizer.

Ao chegar em casa, Zhong Li dirigiu-se ansiosa para o quarto. Os avós a seguiram. Logo avistou na parede um belo desenho de grafite, uma cópia ampliada da fotografia de Zhong Li, na época com dois anos, com os pais e irmão, na Muralha da China. Um bilhete de Henrique: "Estes traços sólidos e reais no papel nenhum sonho poderá apagar. Por onde quer que vá, eles estarão sempre dentro de você. Permanecerão eternos como as muralhas que resistiram ao tempo."

Lágrimas correram na face branca de Zhong Li, mas, desta vez, de felicidade. Era o estímulo que buscava para ousar seguir adiante. Respirou fundo, olhou para os avós à porta do quarto... O espírito mais leve. Sentiu um novo ar encher-lhe o peito. O futuro agora parecia menos sombrio do que nos seus sonhos.

CAPÍTULO 5
GNOTHI SEAUTON

No verso, a rima fácil para Alfredo
É medo. Mas tal rima ecoa, ecoa;
Está na vida e noites; e povoa
Os sonhos, sons e si(g)nos desde cedo...

Alfredo corre aflito, sem segredos;
Do agora, tudo do antes bem destoa:
Sem sol, no céu um corvo sobrevoa;
Agita-se... — desperto sonha o Alfredo!

Viu a Grécia: filósofos, Sofia...
Sofia é Carmen, é Sonja, seu ego,
O projeto que quis de si: a via...

Mas o Tânatos tirou-lhe a luz e, cego,
Sem Carmen-sua-vida, vai o Alfredo
Num viver espectral, autoarremedo!...

Alfredo e Henrique desembarcaram no aeroporto de Paris após sete horas de voo. Caminhavam à procura de algum lugar para comer. Henrique andava absorto em seus pensamentos. Tentava imaginar a reação de Zhong Li ao ver o quadro da família na parede de seu quarto.

— Um tostão! — a fala repentina de Alfredo despertou Henrique de seus devaneios. O garoto olhou para o avô com uma expressão de dúvida. — Um tostão pelos seus pensamentos, meu neto.

— Ah, vovô! Você sempre com suas brincadeiras — pararam diante de uma *Pâtisserie*. As baguetes pareciam irresistíveis. Comeram algumas de queijo *gruyère* com presunto. Suco de framboesa. Levaram mais algumas para a viagem.

— A culinária francesa é realmente irresistível. Até mesmo um simples sanduíche tem requinte e gosto incomparável. Passaria a vida comendo baguete com queijo — exclamou o avô. — Vamos, temos só quinze minutos para chegar ao terminal de embarque doméstico. Este aeroporto é extenso.

Chegaram ao portão. O voo para Atenas sairia dentro de uma hora. Sentaram nas cadeiras aguardando a chamada. Aproximou-se uma jovem portando um violino.

— Este lugar está vago?

— Sim, está disponível. Por favor, sente-se — disse Henrique educadamente. A jovem sentou-se a seu lado. Tirou a mochila e colocou o violino em pé, preso entre as pernas. Henrique observou curioso os movimentos dela. Fios dourados caíam pelo ombro, pele bronzeada, perfume suave. Suspirou aliviada.

— Imaginei que não chegaria a tempo. O trem de Paris ao aeroporto estava cheio e as paradas foram longas. Está bem complicado viver nessa cidade atualmente. — Henrique dirigiu o olhar para a jovem e notou seus olhos azulados.

— Eu me chamo Henrique. Eu e meu avô recém-chegamos de Beijing e caminhamos bastante do terminal internacional até aqui.

—Nossa, vocês devem estar exaustos. Uma viagem bem longa. Fora o fuso horário. Sempre tive problemas para dormir quando viajei para lá. Vocês são de onde?

— Somos brasileiros. Meu avô e eu estamos fazendo uma viagem por vários países. Iniciamos na China e agora nosso próximo destino é a Grécia. Como você se chama?

— Desculpe, não fui educada e nem me apresentei. Eu me chamo Ariadne. Sou nascida em Creta, meu pai é francês e minha mãe é grega, também desta famosa ilha. Já ouviu falar?

— Claro, lembro-me de ter lido algo sobre a lenda do Minotauro. É desta região, não é?

—Sim, é nossa história mais famosa, mas temos muitas outras... — o alto-falante anunciou o embarque para Atenas. Alfredo e Henrique levantaram. Ariadne também.

— Encantado, eu me chamo Alfredo, avô deste rapazinho aqui — Henrique franziu as sobrancelhas, sentiu-se incomodado pelo "rapazinho" e olhou com represão para o avô.

No avião, Henrique encontrou um modo de ficar ao lado de Ariadne.

— Em qual lugar do Brasil você mora?

— Moro em Salvador, na Bahia, já ouviu falar?

— Sim, ouvi, é um dos lugares do Brasil que sempre tive vontade de ir! Sei que tem uma história rica, muitas igrejas, principalmente da época do movimento Barroco. Faço o segundo ano na Escola Nacional Superior de Belas Artes em Paris e, neste momento, estou estudando este tema. Também estudo no Conservatório Nacional Superior de Música e Dança, onde procuro me aperfeiçoar em cordas. Toco violino desde os cinco anos e já fiz vários cursos internacionais.

— Henrique ficou encantado com a jovem. Cresceu dentro dele a vontade de conhecer mais da vida dela e a conversa dos dois foi ficando entretida. Henrique contou sobre sua infância com os pais e os avós, e seus planos para estudar Economia. A jovem disparava perguntas e mais perguntas. Queria conhecer mais sobre o Brasil, a cultura do povo, os lugares e também detalhes da vida dele. As duas horas de voo passaram rapidamente.

— Vou ficar em Atenas alguns dias com meus tios. Farei uma apresentação em um concerto no Teatro de Herodes dentro de quatro dias. Caso você e seu avô queiram ir, me mande uma mensagem e posso conseguir os ingressos. Aqui está meu número. Por favor, seria um grande prazer ir com vocês a alguns lugares de Atenas.

No desembarque, Ariadne saiu na frente, apressada. Henrique acompanhou o avô mais atrás, com passos mais lentos. Após saírem no saguão, Alfredo reconheceu o rosto roliço e o bigode do amigo Panagiotis.

— Panos, meu amigo, quanto tempo! — os dois se abraçaram. — Não consigo acreditar que você realmente veio me visitar, Alfredo. Achei que nunca mais iríamos nos ver.

— Aqui estou, amigo. Este é meu neto Henrique, do qual sempre lhe contava nos e-mails.

— Nossa, como está grande! Seja bem-vindo ao berço da civilização ocidental, rapaz. Apesar de sermos uma pálida imagem do que já fomos no passado, o orgulho permanece.

— Panos foi professor de História da Filosofia na Universidade de Atenas por muitos anos — explicou Alfredo. — Recebeu várias homenagens da sociedade, de alunos e ex-alunos. Teremos o privilégio de passar alguns dias em sua companhia e aprender mais sobre a época de ouro da filosofia antiga ocidental.

Os olhos de Henrique brilhavam.

— Claro — disse o grego —, tudo regado a *ouzo*, o néctar dos deuses. — Deu uma risada espalhafatosa e um leve tapa no ombro de Alfredo. No saguão do aeroporto, os dois passaram por um aglomerado de pessoas e repórteres. Panos comentou:

— No vôo de vocês, chegou uma de nossas violinistas mais talentosas da nova geração. Ela veio de Paris especialmente para um concerto em Atenas. — Ao chegarem mais perto, Henrique percebeu Ariadne no centro das pessoas. Tinha um buquê de rosas vermelhas nas mãos e concedia entrevista.

— Vovô, é a moça que veio do nosso lado e com a qual conversei quase todo o voo! — Panos olhou bem para Henrique e colocou a mão no seu ombro. — Você é um felizardo, garoto! Tirou a sorte grande! Esta menina é uma das joias da música ateniense. Vamos, vamos. Vocês devem estar cansados.

Panos morava numa casa modesta, perto do centro de Atenas. Herdou a casa do pai, que por sua vez herdara de seu pai. Ele nascera naquela mesma casa, pelas mãos da parteira da família. Sempre com numerosos amigos, ele construiu uma casa de hóspedes para recebê-los, com um grande jardim, não faltando uma parreira, uma oliveira e uma figueira. Fazia dez anos que estava viúvo. Os dois filhos homens, já criados, moravam em Oslo e Londres. Seguiram carreira de administradores. Sua única companhia era um pastor alemão capa preta chamado Lobo, devido à similaridade física com aquele animal. Assim que chegaram, o cão veio correndo, majestoso, pelo gramado. Panos chamou-o, então. Ele veio devagar, lambeu as mãos de Panos, cheirou o braço de Henrique.

— Não se preocupem, o Lobo só ataca estranhos. Quando estou junto, é um cachorro dócil e brincalhão. Meu amigo e fiel protetor da morada. A casa de hóspedes está à disposição de vocês. Passaremos os dias fora e voltaremos à noite para dormir.

— Nem tenho palavras para agradecer ao amigo tamanha atenção — retribuiu Alfredo. — Amanhã saímos cedo. Tenham um bom sono.

Henrique demorou para adormecer. O encontro com Ariadne despertou nele um turbilhão de emoções. Ficou encantado com a garota, com sua desenvoltura e altivez. Parecia tão segura de si e de seu futuro. Jovem e talentosa, já era reconhecida em seu país e fora dele por seu talento musical. Sentiu-se pequeno e inseguro diante da jovem. Bem verdade que era poucos anos mais jovem, mas ainda tinha mais dúvidas do que certezas quanto ao seu futuro. A distância entre ele e Ariadne lhe pareceu enorme. Era a primeira vez que se sentia assim. Ao mesmo tempo, sentiu uma conexão forte enquanto conversavam e o interesse dela lhe pareceu recíproco e genuíno. Adormeceu ouvindo o avô roncar ao lado.

Despertou com os raios de sol entrando pela janela do quarto. Seu avô já havia se levantado. Dirigiu-se para a casa principal, através de um caminho de pedras no jardim. Na porta, encontrou Lobo. Fez um carinho na cabeça do cachorro, o que pareceu agradá-lo. Seu avô e Panos tomavam café na mesa da cozinha.

— Bom dia, felizardo. Como foi a primeira noite na Grécia? — brincou carinhosamente Panos.

— Ótimo, dormi bem. Que jardim bem cuidado, as pedras são lindas.

— São pedras recolhidas das encostas das praias gregas. Minha esposa tinha este passatempo enquanto caminhava na praia. Fomos trazendo e ela construiu este caminho. Levou cinco anos para terminar. Hoje não há um único dia em que não me lembro dela, seu semblante paciente, separando e lavando as pedras, e escolhendo-as cuidadosamente para colocar sobre o caminho. Uma obra de arte. Feita com alma e coração. Sempre que passo por este caminho, sinto-me perto dela. — Alfredo logo vivenciou o paralelismo:

— Minha Carmem adorava catar conchinhas e búzios na areia da praia. Montamos uma estante de vime, com prateleiras de vidro, para elas. Envernizamos as peças, que apresentavam todas as formas e tamanhos. Meu filho mantém essa estante na sala de sua casa. Sempre que a vejo, lembro-me do sorriso da Carmem cada vez que achava uma concha que a agradava. Dizia: "Olha que linda essa, 'Morzão'!" — Os olhos de Alfredo ficaram marejados. O grego filosofou:

— São estes momentos preciosos o que levamos da vida. O resto fica na poeira do Universo. — Voltou-se para Henrique: — Sente-se, coma à vontade, teremos um dia longo. Aqui você tem figos e uvas colhidas do jardim. Estão deliciosos.

Fazia um belo tempo em Atenas, céu azul, nenhuma nuvem no céu. A brisa da manhã refrescava, mas o calor seria intenso ao longo do dia. Chegaram à Acrópole, parte mais alta da cidade, que abriga os principais monumentos, e logo avistaram as ruínas do imponente Partenon. Panos iniciou:

—Este templo foi construído no século V a.C., por Péricles, em homenagem a Palas Atena, deusa da sabedoria, estratégia, artes e razão prática, e também patrona da cidade. Comenta-se que o nome Partenon tem origem no culto às duas deusas virgens Atena e Ártemis, esta deusa da caça e dos animais; em tal culto eram sacrificadas donzelas para garantir a proteção da cidade. — Henrique contemplou a grandeza e a beleza da construção. Em certos pontos e ângulos de observação, parecia que as vigas e pilares se uniam ao céu. Algo realmente majestoso. — A religião da Grécia Antiga baseava-se na crença politeísta. Zeus, pai de todos os deuses do Olimpo, comandava com sabedoria e justiça todo o Universo. Deuses, semideuses, titãs e humanos ficavam à mercê de sua justiça, mas também de seus caprichos. Neste sentido, não era raro que ele assumisse a forma humana para seduzir donzelas terrenas, com as quais gerou muitos filhos, semideuses famosos como Héracles. Todos sem exceção temiam a ira de Zeus e os que desobedeciam suas ordens eram punidos exemplarmente, como foi o caso de Prometeu, que roubou o fogo dos deuses e o deu aos homens, sendo, por isto, condenado a restar aprisionado em um rochedo, tendo seu fígado comido por um abutre eternamente, mas eternamente regenerado! Também o titã

Atlas foi punido, após uma tentativa de tomar o Olimpo com seus demais irmãos Titãs, com o castigo de carregar a Terra sobre os ombros. — Prosseguia Panos: — Quanta riqueza existiu na Grécia Antiga. Quase todos os habitantes do Olimpo eram deuses. Zeus casou com a irmã Hera e deu origem a vários deuses. Apenas um, o deus Dioniso, filho da mortal Sêmele, teve permissão de Zeus para morar no Olimpo.

Panos foi adiante:

— A história de Dioniso é curiosa. Após saber da gravidez de Sêmele, Hera fica furiosa e faz uma trama que resulta na morte da jovem. Com pena do bebê, prematuro de seis meses, Zeus gera o feto na sua coxa e depois do nascimento entrega a criança a Hermes, que é encarregado de encontrar pais de criação para ela. Depois de muita perseguição de Hera, finalmente Dioniso sobrevive e fica sob a tutoria do velho sábio Sileno, que ensina ao semideus tudo sobre os homens. Nas cidades gregas, Dioniso, além do deus da colheita das uvas, do vinho e da embriaguez, também é o Deus da contradição, o protetor dos que não pertencem à sociedade convencional e, portanto, simboliza tudo o que é caótico, perigoso e inesperado, tudo que escapa da razão humana e que só pode ser atribuído à ação imprevisível dos deuses. Aquele que reúne em seu peito a totalidade do existente. De fato, é um dos deuses mais adorados pelos homens, porque parece ser o mais humilde e mais próximo das dores, sofrimento e contradições humanas. Em homenagem a Dioniso, os homens criaram ritos nos quais pessoas vestiam máscaras e peles de animais, entoavam cantos chamados de ditirambos, "hino em uníssono", e bebiam e dançavam até entrarem numa espécie de êxtase. Resultado de tal embriaguez e exaltação dos instintos, os humanos alcançavam o "transe" ou reino de Dioniso, esquecendo-se de sua forma isolada, individual, e atingindo com os demais um estado de comunhão social nunca antes experimentado! Semelhante sentimento de comunhão também poderia ser obtido se um mortal fosse alvejado por uma das flechas de Eros, deus do amor e da paixão. — Atento, Henrique ouvia a tudo:

— Mas, depois que todos saíam do transe e acordavam da bebedeira, o que acontecia?

— Boa pergunta, meu rapaz, acontecia algo terrível. Depois de experimentar tal sentimento de comunhão, de conexão com o todo, a pessoa acorda da ressaca e encara a terrível realidade cotidiana. Torna a ver a si mesmo como um indivíduo, um fragmento da totalidade. Percebe que esta condição é a fonte geradora de nossa dor e sofrimento. E, para arrematar, sente tontura e enjoo...

— E onde fica o velho sábio Sileno nesta história? — intrigou-se o jovem.

— Foi justamente esta sabedoria em conhecer profundamente o segredo dos homens que passou Sileno a Dioniso. A verdade de que, apesar de fazer parte do todo, o homem está condenado a se perceber isolado. Diz uma lenda que o rei Midas capturou Sileno para extrair dele o segredo dos homens. E perguntou-lhe: "O que é melhor para os homens?" Sileno ficou em silêncio e após muita insistência do rei, disse: "O melhor de tudo é inalcançável para ti: não ter nascido, não ser, não ser nada." É exatamente esta a verdade de Sileno que encaramos quando voltamos da experiência do transe no reino dionisíaco. — Alfredo sorriu ao ver a expressão de surpresa no rosto do neto. Sentiu alegria por estar compartilhando aquele momento com o amigo Panos e o neto.

A visita prosseguiu para o Propileu, a entrada para a Acrópole, uma das melhores vistas da cidade de Atenas. No lugar sagrado da cidade, situa-se o Erecteion, templo jônico para Atena e Poseidon, onde a deusa fez florescer a primeira oliveira em terras gregas. Henrique e Alfredo emocionavam-se com aquelas construções de 2.500 anos. As ruínas mostravam nossa presença no planeta Terra. Mesmo que outros as tivessem construído, era um sentimento de comunhão... Henrique disparou:

— Panos, qual a importância de Sócrates para o mundo da sua época?

— Meu jovem, Sócrates simplesmente foi para a filosofia ocidental o mesmo que Jesus Cristo foi para a religião cristã. Nenhum dos dois deixou nada escrito, mas seus ensinamentos e, principalmente, o exemplo de atitude que tiveram em vida, influenciaram e influenciam o mundo até hoje. Sem Sócrates, a Grécia seria mais uma sociedade politeísta, como tantas outras que surgiram. Sem ele, o mundo ocidental seria, provavelmente, bem diferente de como o vemos hoje. O grande legado de Sócrates foi plantar a semente fundamental da interrogação filosófica, o método da maiêutica, de certa forma responsável por estruturar o pensamento e o conhecimento humanos, levando-nos a avanços nunca antes imaginados. Posteriormente, o grande discípulo dele, Platão, ao aprofundar seu pensamento a partir dos ensinamentos de seu mestre, aos quais ele próprio passou a dar registro escrito, criou as condições para a formulação da metafísica, como vai acontecer em Aristóteles.

"Um ferramental básico para o desenvolvimento da filosofia como viemos a conhecer. Ao mesmo tempo, Platão nos transmitiu também uma ilusão: a de que o mundo poderia ser totalmente explicado e reduzido a um conjunto de leis ideais. Todavia, quando reduzimos a complexidade do Universo às leis naturais e ao método racional, de certa forma nos desconectamos daquilo que não podemos apreender com os nossos sentidos ou pensamento."

— Então Sócrates parece atuar de forma oposta à de Dioniso? — pergunta Henrique. — De certa forma, sim. O mundo revelado por Dioniso nos mostra que todos fazemos parte do todo, que estamos conectados através de nossas humanidade e finitude. Sócrates/Platão tentam nos mostrar que tudo pode ser compreendido por meio do raciocínio lógico e do conhecimento. Porém, quanto mais avançamos no conhecimento, mais distantes ficamos de nossa essência. Criamos um mundo ideal para comparar a vida real ao modelo ideal. Mas não conseguimos explicar o sentido aparentemente absurdo da vida nem o porquê de a qualquer momento ela terminar para nós. No plano do sagrado não revelado, Sócrates nunca vencerá Sileno e Dioniso. — Alfredo ria para si de tanta felicidade. Aquela conversa era música para seus ouvidos. Panos tinha razão, quanto mais sábios nos tornamos, menos temos a pretensão de ter certezas. E esta foi a ilusão que Sócrates vendeu à humanidade. Até a morte de Carmem, sua vida era repleta de certezas e planos. A verdade de Sileno fez seu mundo vir abaixo; ruir, sem deixar pedra sobre pedra. Sofrimento e dor temperaram sua alma durante anos. Ele perdera Carmem e com ela o sentido da vida. Porém, a vida aqui era um roteiro criado em seu pensamento, onde tudo se encaixava e fazia sentido. Sem saber, Sileno lhe pregara uma peça e agora a dor que sentia pela falta de Carmem tentava fazê-lo acreditar que era melhor não ter nascido, ou simplesmente, pelo menos, morrer rápido...

Almoçaram em um restaurante perto da Acrópole. Henrique ouviu uma música que o fez lembrar de Ariadne. Enviou-lhe uma mensagem pelo celular: "Olá, tudo bem com você? Acabamos de visitar uma parte da Acrópole. Aceitamos o convite para o concerto. Henrique." Instantes depois, teve a resposta: "Que bom receber notícias suas. Encontre-me no teatro de Herodes amanhã às seis da tarde."

De tarde, foram visitar o teatro de Dioniso.

— Foi o mais importante da Grécia antiga e é considerado o berço da tragédia. Era parte do santuário de Dioniso que se estendia ao sul da Acrópole, e foi construído no século V a.C. A construção em pedra que vocês estão vendo é do ano 330 a.C. Arquibancadas de pedra substituíram as de madeira. Oferece lugar para 17 mil espectadores. — À medida que ia falando, Panos mostrava o local: — O coro fica num semicírculo ao redor da primeira orquestra, onde aconteciam as danças e os cantos. Ali no meio da orquestra havia um altar, onde eram oferecidos sacrifícios aos deuses. Um ponto importante, Henrique: lembra-se dos ditirambos a Dioniso? É bem provável que estes ritos evoluíram com o tempo e se transformaram no drama e na tragédia gregos. E tais tragédias eram encenadas aqui, no teatro de Dioniso, nas grandes *Dionisíacas*, no século V a.C., como o Édipo-*Rei*, de Sófocles.

Retornaram exaustos para casa. Além do calor, os relevos das ruínas e as caminhadas longas pesavam nas pernas. O ofegante Panos logo ofereceu um suco de uva verde gelado. Sentaram-se no jardim para apreciar o pôr do sol. O fiel Lobo deitado ao lado deles. Quase seis da tarde e a carruagem de Apolo se despedia... Alfredo confidenciou:

— Este era sempre o momento preferido de Carmem. Quando estávamos em casa, sentávamos na varanda, ela colocava a *Ave-Maria*, segurava-me a mão, e ficávamos em silêncio. Era o instante sagrado de nosso dia. Como disse Panos, era nosso ditirambo: reencontrávamos nossas essências e, a partir de dois, éramos um! — Ficaram em silêncio, observando os últimos raios de sol e as diferentes tonalidades que o céu grego assumia.

— Vovô, a Ariadne respondeu a mensagem e pediu-me para a encontrar no Teatro Herodes, amanhã, 18 horas — o velho Panos levantou-se animado e exclamou: — Um encontro para o jovem! Isto merece uma celebração com um bom cordeiro, *ouzo*, vinho tinto e música grega...

Numa pequena churrasqueira, Panos encarregou-se dos preparativos: pernil de cordeiro, cebolas, batatas, pimentões, tomates, queijo de cabra em palitos e pão. Duas garrafas de vinho tinto e uma de *ouzo*. Em pouco mais de uma hora, o palco da celebração estava armado. Panos trouxe uma caixa de som e a conectou ao celular.

— Hoje vocês aprenderão alguns passos de uma dança grega. Tenho que preparar esse meu neto brasileiro para não fazer feio no encontro de amanhã. — Pronto, estava montado o ditirambo do grego e dos amigos brasileiros. Panos e Alfredo consumiam animadamente a garrafa de *ouzo*. Henrique recebeu sua modesta cota de vinho em um cálice. Panos colocou os pernis na grelha e os molhou com um tempero grego especial para churrasco, à base de alho, sal, ervas finas e azeitonas. Alfredo foi escalado piloto da grelha, enquanto Panos se encarregou de ensinar os passos do *sirtaki* a Henrique.

— Para aprender esta dança, é necessário seguir o ritmo. Começamos com o estalar dos dedos, depois os passos mais simples e em seguida o giro do corpo. — Henrique mostrou-se um aluno aplicado. Em pouco tempo, já dançava abraçado a Panos, que acelerava o ritmo. Logo chamou Alfredo e os três faziam os passos de forma razoavelmente harmônica. Pausa para o jantar e mais elogios para os dotes culinários do grego, que disse:

— Quero agradecer a você e seu neto por me honrarem com sua visita e por estes momentos alegres. Nós, gregos, prezamos bastante a família e as amizades. A bebida e a dança nos unem há séculos. Neste rito familiar e de amizade, nós nos entregamos de coração, corpo e alma. Agora, só precisamos de mais *ouzo* e mais vinho. O resto, deixamos com o ritmo que ele faz sua parte.

À medida que a bebida era consumida, o ritmo das músicas apressava. Apesar de somente um cálice de vinho, Henrique sentia o efeito inebriante do álcool, uma alegria brotava de sua alma, uma vontade de abraçar Panos e seu avô. Era um êxtase dionisíaco em suas atualidades. Tarde da noite, caíram, um a um, no gramado da casa, exaustos. Panos adormeceu pesadamente e permaneceu no jardim, com Lobo a seu lado. Henrique levou o avô para o quarto. Alfredo teve um sonho agitado, como contou depois: estava na praça da igreja de Compostela com o amigo José Borges. De repente, surge em sua frente o louco da praça. "Lembra-se de mim Alfredo? El diablo viejo sabe más. Você ouviu minha história hoje? O Sileno te assusta? Lembra-se da minha mensagem da sua semente do futuro? Vou repetir para que jamais esqueça: 'Deus está morto. O humano está morto. O homem virou um autômato de si mesmo e vive passivo numa prisão estética. Não escolhe, e, portanto, vive a angústia do futuro. O amor é líquido e as relações se dissolvem na velocidade da luz. O humano e o divino caem no abismo. Cairemos continuamente? Olhai a luz do sol, Alfredo, olhai o azul do céu e vede que apenas a Existência define o homem e as coisas. Por que procurar pelo sentido da vida se nada tem sentido oculto algum? Enfim, há esperança para o homem? Sim, diriam os sábios antepassados: para reencontrarmos o sagrado, há que encontrar e escolher uma verdade pela qual se esteja disposto a viver e morrer. Com sabedoria e coragem. Benevolência é o caminho. O entusiasmo é a meta.'" Alfredo despertou assustado. Henrique dormia. O sonho parecia muito real. E a mensagem, havia mesmo esquecido ou seu inconsciente relembrara ao ouvir falar do sábio Sileno?

 Voltou a adormecer, agora pensando na Carmem. Ela mesma o reconfortara várias vezes depois de um sonho agitado. Despertou com os primeiros raios de sol. Lavou o rosto envelhecido, a barba branca por fazer. Lembrou-se das palavras do louco: "O humano e o divino caem no abismo." Elas o representavam bem. Após a morte de Carmem, o abismo parecia não ter fim, mal podia sentir o chão. Faltava o rumo. Onde reencontrar a sua verdade? No neto adormecido ao lado? Seria ele a semente do futuro? Deu alguns passos em direção ao jardim. Viu o amigo Panos deitado. Lobo aconchegado junto a ele. Sentou-se e ficou observando a alvorada por alguns minutos. O grego abriu os olhos:

— Fazia muito tempo que não dormia tão bem, nos braços de Dioniso. Nem lembro quando apaguei. Eu me diverti ontem com vocês.

— Eu também não lembro, amigo. Henrique foi quem me levou pro quarto. Adormeci e tive um sonho, uma recordação de momentos que vivi na Espanha, com um amigo português.

— Sim — retrucou Panos—, há que se dar bons ouvidos aos sonhos. Eles sempre querem nos dizer algo. Vou preparar o café da manhã.

Saíram em direção ao Panatenaico. Panos explicava:

— Este estádio, todo construído em mármore branco, é bem anterior à época cristã. Era usado nos Jogos das Panateneias, em homenagem à deusa Atena. Foi restaurado para o renascimento dos Jogos Olímpicos. — O grego prosseguiu animado: — Nas Panateneias, de quatro em quatro anos, cada tribo da Ática prestava homenagens a Atena para a garantia das colheitas. Além dos grandes sacrifícios e ritos religiosos, eram promovidos concursos de beleza para escolher o rapaz mais forte e belo, eventos artísticos, atléticos e outros. Neste evento, competiam os melhores jovens da Grécia diante dos olhos da deusa, era a medida máxima da expressão do espírito grego, em que se almejava à perfeição em tudo que faziam. Acreditava-se que os vencedores dos jogos poderiam ser levados por Zeus para habitar o Olimpo!

Henrique ficou impressionado com a grandiosidade do estádio, que comportava 50 mil pessoas já quando fora erguido. Jogavam um certame em que cada jovem aspirava a ser

Deus. Onde encontravam tanta motivação? Uma obsessão por se superar e aos demais?... A honra do pódio? A fama? Qual poderia ser a fonte para um entusiasmo tão vivo e intenso?

— Panos, me chama a atenção a cultura grega antiga haver gerado tanto conhecimento, tantos filósofos, tantas histórias bonitas, e arte. Como se chegou tão alto? — questionou Henrique.

— Você me surpreende com suas perguntas. Vamos ver se consigo explicar. A religião politeísta grega, além de rica, tinha um componente importante: os deuses possuíam características humanas, amavam, sentiam ódio, rancor, ciúmes... Não estavam tão acima dos homens. Chegavam mesmo a admirar os homens exatamente por essas características, sua ambiguidade e, também, por estarem submetidos à verdade de Sileno. Os deuses olhavam de cima e pensavam: como estas criaturas, condenadas à finitude e insignificantes, conseguem força para viver e amar em sua plenitude, como podem ser tão reais e autênticas tendo uma só vida? Na perspectiva do homem grego, apesar de estar condenado à morte, ele sabia que precisava mirar a perfeição dos deuses do Olimpo, superar-se, para desejar deixar a sua marca, alguma presença, e vencer, ainda que momentaneamente, a finitude, a limitação, a imperfeição. A dedicação nas competições e a perfeição no mundo das artes são notórias. Almejar o ético e o belo — e alcançá-lo! — era a única forma de fazer a vida valer a pena e de ser capaz de suportar a verdade de Sileno.

Após o almoço, foram à praça Sintagma, no coração de Atenas. Visitaram o Parlamento e viram a tumba do soldado desconhecido, vigiado sempre por dois guardas em uniforme tradicional. Tomaram um café perto do Museu Nacional de Atenas e aprofundaram as conversas sobre a cultura dos gregos antigos. Panos prosseguiu:

— Eu tenho muitas dúvidas se o apogeu da Grécia antiga se deu com o trio Sócrates, Platão e Aristóteles, como apregoa a tradição ocidental. Há alguns estudiosos que questionam tal fato. Sem dúvida, os três deram uma contribuição inigualável para a evolução da filosofia, mas, para mim, o esplendor da cultura grega, nas artes, nos esportes, na política, na arquitetura, se deu no chamado século de ouro de Péricles. Obras como Édipo-Rei, as esculturas e construções, as panateneias. Se pensarmos a cultura como um mergulho completo na complexidade do ser, nenhuma época se iguala a esta. — Alfredo inquietou-se diante da afirmação. Como metafísico clássico, o comentário pareceu-lhe uma heresia.

— Permita-me discordar, amigo. Sem Sócrates e Platão, a humanidade teria permanecido por séculos na ignorância dos sentidos e os avanços da ciência não teriam sido possíveis. Acredito que a época de ouro da Grécia foi a de Sócrates e Platão. A filosofia e o mundo como conhecemos hoje devem muito a eles! — Os dois amigos adentraram numa discussão enérgica, cada um com pontos de vista aparentemente válidos. Henrique observava a discussão atento, sorvendo a segunda xícara de café expresso. Sentia-se privilegiado por estar diante de pessoas inteligentes e com tanta experiência de vida. Nunca imaginara que a viagem o desafiaria assim e, ao mesmo tempo, agregaria tanto conhecimento de diferentes culturas e instigaria sua capacidade crítica. Foi quando viu que já passava das 16 horas. Imediatamente lembrou que teria um encontro com

Ariadne em duas horas, no Teatro Herodes Ático. Sentiu pena de interromper a conversa dos dois amigos.

— Vovô, Panos, preciso ir para meu encontro com Ariadne. Qual melhor caminho para chegar ao Teatro Herodes? — Panos o orientou. Despediu-se e saiu caminhando a passos largos.

— Imagino que você deva se orgulhar bastante deste menino, Alfredo.

— Sim, amigo, Henrique é nossa pérola. Não por ser meu neto. Espero que tenha uma vida sem tantos sofrimentos, como eu e você tivemos. — Panos discordou: — Sabe, Alfredo, entendo sua dor pela perda de Carmem, mas a morte faz parte da vida. Infelizmente, vivemos a vida como se fôssemos eternos. Na fase de expansão, acumulamos bens e buscamos mérito, plateia e poder. Na fase de regressão, quando estamos na porta da velhice, ficamos lutando para resistir contra a perda de tudo que conquistamos e dos nossos entes queridos, que vão partindo pela lei natural da vida. Passamos tanto tempo preocupados em não sofrer, em resistir ao sofrimento, em brigar com o universo porque ele não está sendo justo conosco, que nos esquecemos de aproveitar com intensidade cada momento, com leveza, com desprendimento, com o espírito de criança. Esquecemos de brincar, de cantar, de dançar, de rir dos nossos erros, das incoerências do mundo. Esquecemos até mesmo de celebrar quando acordamos e nos damos conta de que estamos vivos. Esta angústia da morte que sentimos todos os dias, à medida que envelhecemos, deveria ter um antídoto. E acredito que ele está relacionado com a qualidade de como vivemos cada momento, como damos cada passo ao longo da nossa caminhada. Obviamente, a qualidade de cada momento depende intrinsecamente do nosso estado de espírito. — As palavras de Panos tocaram profundamente Alfredo. Todo este tempo ele vinha resistindo a aceitar a morte de Carmem. E esta resistência não se referiria, também, em lidar com a proximidade da própria morte? A angústia tomara conta de seu espírito, drenara toda a sua energia vital, a ponto de fazê-lo se esquecer das pessoas queridas que permaneciam vivas. Ao permitir-se perder o gosto pela vida, esqueceu-se também de cultivar o vínculo com seus amados. Na viagem com o neto e revendo amigos, estava sentindo o quão maravilhoso era compartilhar cada momento. Sim, ele ainda tinha muitos tesouros em vida, bastava apenas encontrá-los e viver cada momento com intensidade. Mas a gana de viver, a vontade de buscar razões para seguir adiante, ainda esbarrava na obsessão de não finalizar seu luto pela perda de Carmem.

Henrique chegou com antecedência à porta do teatro Herodes. A entrada estava fechada para visitantes, possivelmente devido à apresentação próxima, que Ariadne lhe comentara. Ficou observando a entrada e saída de pessoas autorizadas, muita agitação e um frenesi intenso. Podia ouvir, também, o som do afinamento da orquestra e do coral. Instantes antes do horário, Ariadne surge na porta do teatro, vestido longo, cabelos presos, sorri:

— Fico feliz que você veio, estamos quase no final do ensaio. Venha comigo — tomou Henrique pelas mãos e foram em direção à porta. Falou algo ao segurança, que imediatamente concedeu passagem para os dois. Dentro do teatro, Henrique encantou-se. — Hoje é o ensaio com a orquestra, o coral e alguns atores para marcar os tempos e os solos principais. Amanhã será o ensaio completo. Depois de amanhã, faremos uma única apresentação do Édipo-Rei. Tocarei dois solos no violino. — Ariadne acomodou Henrique e retornou ao ensaio. Pelo pouco que sabia de orquestras, Henrique notou que ela estava na posição de solista. Pôde observar a postura de Ariadne nos movimentos das composições. Altiva, como se tivesse vindo ao mundo para mostrar seu talento. Nada de hesitação nem insegurança. Movimentos suaves e precisos no arco, agilidade no pressionar das cordas. O coração de Henrique batia acelerado... Sentiu-se grato por vivenciar aquele momento.

Terminado o ensaio, Ariadne veio sentar-se a seu lado.

— Parabéns, você esteve muito bem.

— Obrigada, mas estou um pouco nervosa ainda. É uma única apresentação, portanto não há margem para erros. Felizmente correu tudo bem e o diretor está satisfeito com o resultado. Deverá ser um lindo evento. Este Odeão, ou Teatro, foi erguido por Herodes Ático, para comemorar a memória de sua falecida esposa Regilia. Quando intacto, o Odeão era uma estrutura coberta, e podia receber até cinco mil espectadores. Agora, porém, estou morta de fome e conheço um restaurante aqui por perto. Você me acompanha? — Henrique assentiu com a cabeça. Caminharam por alguns minutos e chegaram à porta de um restaurante com entrada bem rústica, onde havia uma parreira.

— O vinho artesanal deles é ótimo. E a música também é animada. Vários turistas o frequentam pela simplicidade e pela música. Meus tios também — o casal foi recebido pelo próprio dono.

— Ariadne, que prazer tê-la conosco. Soube que teremos um concerto no Herodes depois de amanhã.

— As notícias continuam correndo rápido por aqui — sorriu a jovem.

— Sim, com a bênção de Hermes. Tenho aqui uma boa mesa reservada para vocês e já trago o melhor vinho da casa para vocês apreciarem. Ariadne voltou-se para Henrique:

— E então, está aproveitando a viagem? Que te pareceu Atenas?

— Aproveito cada minuto, principalmente as companhias de meu avô e do Panos. Belos lugares, que respiram história e tradição. É o berço da civilização ocidental e posso sentir isso em cada lugar que visitamos — ao falar, Henrique observava os gestos de Ariadne. Inquieta, alternava as mãos entre o cabelo e sobre os braços, como se não soubesse o que fazer com elas. Sorriso de canto de boca e os olhos azuis fixados nele. Quando os olhares se cruzavam, Henrique baixava seus olhos. Sim, aquela garota despertava nele sentimentos intensos. Sentia o sangue ferver nas veias. Chegou o vinho. Ariadne ergueu a taça e fez um brinde:

— À sua viagem e descobertas, a esta nova amizade que acaba de surgir.

Henrique retribuiu:

— Ao seu sucesso no ensaio e na apresentação que virá. À nossa amizade.

Os músicos do restaurante voltaram a tocar. Chegaram-se à mesa deles. Ariadne sussurrou algo no ouvido de um dos músicos. Tomou Henrique pelas mãos e pôs-se a guiá-lo. No início, o jovem ficou hesitante, mas mostrou desenvoltura e, em pouco tempo, a seguia na dança. O ritmo era diferente daquela música que havia dançado na casa do Panos, mas a tutoria da jovem estava perfeita. Sentia seu suave perfume. A combinação com o efeito do vinho causava um efeito inebriante no rapaz, quase uma hipnose.

Henrique percebia os pés fora do chão... O ritmo da música, as palavras de Ariadne, seu perfume, os olhares, o toque quente das mãos, eram combinações que lhe despertavam sensações inéditas. Parecia mais vivo do que nunca; entrava em cena um novo Henrique. Como mágica, todos os temas que conversavam pareciam aproximá-los, sentia crescer a conexão entre os dois. A jovem, por sua vez, mostrava seu poder de sedução, ainda tímido, ainda sutil, mas com olhares cada vez mais intensos para Henrique. Ao final do jantar, Ariadne chamou um táxi. Fez questão de deixá-lo primeiro.

— Muito obrigado pelo convite, Ariadne. Eu me diverti bastante com você nesta noite. Espero que tudo corra bem na apresentação. — Ela entregou um envelope para Henrique:

— Eu também me diverti. Sinto-me bem com você. Aqui estão os convites para o evento. Espero vocês por lá — e deu um beijo no rosto do rapaz.

— Com certeza, conte conosco.

No caminho para a casa dos tios, Ariadne perdia-se em devaneios. Tentava entender a atração que aquele rapaz, vindo de tão longe, e mais jovem do que ela, exercia. Mas não conseguia racionalizar. Ela apenas sabia que se divertia com o jeito dele, sua tranquilidade e olhar manso desaceleravam seu ímpeto, sua ansiedade. Sentia-se à vontade e espontânea na presença dele, podia ser ela mesma, sem máscaras. Sentimentos que raramente tinha em seu dia a dia agitado, desde sua infância prodígio, assim que descobriram seu talento para a música.

Henrique despertou mais tarde no dia seguinte. Há alguns dias que não dormia tão bem. Talvez o efeito do vinho ou da dança com Ariadne. Encontrou o avô e Panos no café da manhã. Os dois olharam para ele com a mesma feição no rosto, a de que esperavam alguma novidade. Henrique sentou-se.

— Dormiram bem? — e não conseguiu segurar a gargalhada. — Foi muito bom, sim, mas não é nada do que vocês estão pensando. Apenas amigos, estamos nos conhecendo. — Alfredo conhecia bem o neto. Havia algo de diferente nele, mas que saberia com o passar do tempo. Panos desconversou:

— Temos panquecas para o café. Você deve estar faminto. Não quisemos acordá-lo. Reprogramamos as visitas de hoje para a tarde.

Seguiram para Pireus, onde está o porto mais famoso da Grécia. Ficaram na Zea ou Pasalimani, o porto esportivo, onde atracam luxuosos iates. Passearam bastante nas redondezas e permaneceram para apreciar o pôr do sol. A umidade e o cheiro de mar trouxeram saudade da Bahia para Alfredo. Panos comentou:

— Pireus é o maior porto da Grécia. Também o mais famoso. Os gregos se aventuravam bastante no mar Egeu, tomaram Creta e seguiram explorando as costas dos países próximos. Os barcos gregos não tinham tanta autonomia de viagem e a ocorrência de naufrágios era frequente. Um dos mais famosos náufragos gregos foi o herói Odisseu, que inspirou a obra Odisseia, de Homero. Odisseu, rei de Ítaca, foi um dos heróis mais famosos da Guerra de Troia. Dotado de inteligência e sabedoria, pois era protegido da deusa Palas-Atena, foi o arquiteto do plano do Cavalo de Troia, estratégia que deu aos gregos a vitória final sobre os troianos. Seu retorno a Ítaca leva dez anos, depois de muitas aventuras e provações enfrentadas por ele e seus homens. Sua esposa Penélope tecia uma manta interminável, desculpa que usava para não voltar a se casar, uma vez que o retorno do marido era improvável. A jornada de retorno de Odisseu a Ítaca simboliza a viagem interior que todos passamos nas nossas vidas: alegrias, conquistas, provações, revezes. Todos temos uma Ítaca para buscar, um oásis da felicidade, um conceito de vida perfeita, uma meta. A vida real se mostra distinta, repleta de obstáculos, de paixões, de enfrentamentos, que vai nos desviando dos planos originais. A vida nos impõe perdas: saúde, vitalidade, entes queridos. E a verdadeira riqueza que acumulamos é a sabedoria, a experiência, a entrega a cada momento da vida, bom ou ruim. Ítaca é uma meta longínqua, talvez utópica, mas precisamos dela para seguirmos caminhando, mesmo que nunca a alcancemos. Ítaca não nos trará tesouros, mas a caminhada até ela nos fará ricos, de amor, de sabedoria, de entusiasmo. Ela nos mantém vivos.

Henrique acordou animado no dia seguinte. Estava ansioso para ver a apresentação da peça Édipo-Rei no teatro Herodes. O dia passou rápido, com visitas na Ágora Romana e no Templo de Zeus Olímpico. Ele tentou imaginar como seria o Olimpo, repleto de deuses e semideuses, decidindo o destino dos humanos, como se fossem joguetes das suas vontades, intrigas e traições...

Chegaram uma hora antes do evento ao teatro Herodes. Panos explicou aos dois um pouco da origem daquele espetáculo e sua história:

— Para Aristóteles, o Édipo-*Rei* era a maior tragédia do teatro grego. Naquela época, as tragédias eram encenações mais completas, incluindo música e interação do coro e dos atores. Acredito que é esta representação antiga que levarão hoje. Explica-se a participação da orquestra, do coro e dos atores.

Início do espetáculo. Entram o coro, a orquestra e o maestro. Em seguida, entra Ariadne, num vestido longo vermelho, apresentada como solista e reverenciada pelo maestro e pelo público. Aquela jovem talentosa despertava nos seus patriotas o orgulho da grandeza de uma nação que outrora fora o apogeu da civilização humana. Henrique sequer piscava. Segue a primeira cena. Ariadne inicia o solo no violino. Jocasta traz o bebê Édipo nos braços, alegre como toda mãe realizada. O ritmo do violino enfatiza o início da vida, marcada pelas múltiplas possibilidades da vitalidade e do potencial humano da criança. Surge seu esposo Laio. Conta à Jocasta a respeito da terrível profecia do Oráculo de Delfos. Édipo mataria seu pai e desposaria a própria mãe! Sem escolha, o rei entrega o bebê a um pastor, a fim de que o amarre numa árvore para ser devorado pelas feras.

A tragédia avança em seu caminho e a música reflete sua tensão, alternando instrumentos de sopro e corda. O coro passa a interagir com os atores, interpelando-os sobre seus atos, solicitando razões e justificativas. Logo, o jovem Édipo toma conhecimento de que foi adotado e, revoltado, foge de Corintos. Chegando a Tebas e tomado por um acesso de raiva, envolve-se numa briga com seu próprio pai e acaba assassinando-o. Henrique nem sequer piscava, nem respirava, nem a plateia... Em Tebas, Édipo é desafiado pela Esfinge, resolve seu enigma, é considerado um herói e declarado o novo rei, casando-se com a própria mãe e gerando quatro filhos. Na cena seguinte, Édipo descobre pelo oráculo que a profecia havia se concretizado. Ariadne entra com um novo solo de violino, algo supremo, belíssimo, mas profundamente triste. Só, com seu terrível destino, Édipo dá-se conta da terrível realidade, dos crimes que cometera e com quem se casara. Em ato de desespero, arranca os próprios olhos, impotente diante da verdade de Sileno, da insignificância do homem, da incapacidade de enfrentar a realidade e a responsabilidade por seu próprio destino e suas ações. Jocasta, em prantos, sabendo da profecia e de quem é seu filho, suicida-se. O coro cai em prantos e chora por Jocasta e Édipo, choram por seu terrível destino. Alfredo e Panos têm os olhos molhados. Henrique também.

Henrique, com um buquê de flores, espera por Ariadne fora do Teatro. Ela, depois de muitas solicitações da imprensa, consegue se desvencilhar e recebe as flores.

— Você esteva ótima. Parabéns. Muito obrigado pelo convite. Todos nós adoramos — Alfredo e Panos igualmente a cumprimentaram.

— Muito obrigada! Estava um pouco nervosa, mas no final foi tudo conforme o planejado.

Alegre, toda a equipe do espetáculo foi comemorar o bom resultado perto. Mais tarde, a mãe de Ariadne, seus tios e, ainda, Panos, Alfredo e Henrique se juntaram ao grande grupo.

Comida típica, música e vinho. Henrique conheceu a mãe e os tios de Ariadne. Panos, por sua vez, colaborou na animação da festa. Sua habilidade com a dança impressionou a todos e ele ensinava mais passos aos brasileiros. Ariadne chamou Henrique para dançar.

— Vou passar alguns dias em Creta, com minha mãe. Vocês são nossos convidados. Teremos prazer em recebê-los. O que acha? — Henrique foi pego de surpresa, mas sorriu e respondeu: — Acho ótimo, preciso falar com os dois para ver como estamos com a programação da viagem. Respondo amanhã cedo, pode ser?

Ela sorriu, denunciando certo otimismo:

— Claro, imagino que vocês precisem se planejar.

A sugestão de visita a Creta assustava Henrique. Ao mesmo tempo que se sentia impelido a ir, pelo desejo de melhor conhecer Ariadne, ficou em dúvida. Adormeceu e sonhou com a avó Carmem. Estavam na praia de Busca Vida, ele construindo os castelos de areia. A avó caminhava pegando conchas. Veio até ele e sorriu amorosamente: "Coragem, Henrique, a vida nos coloca diante de muitos desafios, mas não podemos nos paralisar. É preciso seguir um caminho, fazer uma escolha. Apenas olhe bem para dentro, siga seu coração. O que quer que você escolha fazer, se entregue plenamente e ame-o como você amou cada castelo de areia de Busca Vida."

Henrique acordou inquieto. O sonho, como sempre, fora muito real. A avó estava muito perto, parecia viva. Sentia muitas saudades dela.

Alfredo e Panos já tomavam o café da manhã. O jovem sentou-se com eles e apanhou um figo.

— Vovô, Panos, recebemos um convite para alguns dias com a Ariadne e sua mãe em Creta. O que me dizem? — Panos olhou para Alfredo e deu uma piscadela.

— Nossa! Que honra! Seria fantástico, mas tenho compromissos nos próximos dias e não poderei ir. — Alfredo entendeu a deixa e emendou: — E eu preciso acompanhar Panos nesses compromissos. Acho uma ótima oportunidade para você ir conhecer a ilha. Você sabe que partiremos em cinco dias, então terá tempo suficiente.

Henrique sentiu secar-lhe a garganta. Viajar sozinho por um país desconhecido era assustador, mas a empolgação de estar ao lado de Ariadne em sua cidade natal, descobrir mais sobre a vida dela, enchia-o de coragem para seguir adiante. Enviou uma mensagem para Ariadne: "Infelizmente meu avô e Panos não poderão ir. Mas aceito o convite e estarei disponível. Como fazemos?". Ela respondeu: "Vou buscá-lo amanhã, às nove horas. Transporte e estadia por nossa conta. Você é meu convidado."

No dia seguinte, Ariadne apareceu no horário combinado com um vestido florido e o cabelo preso.

— Fico feliz que tenha aceitado nosso convite. Previsão de tempo bom nos próximos três dias, o suficiente para conhecer bem alguns lugares importantes da ilha. Claro que sou suspeita para falar da minha cidade natal, que considero um dos lugares mais lindos do mundo. Iremos de avião e levaremos menos do que uma hora para chegar. — Henrique admirava o azul do mar de uma terra privilegiada pelas belezas naturais. Na aproximação a Creta, Ariadne lhe mostrou alguns lugares importantes: os montes Dicte, Egeon e Ida, um dos quais teria abrigado o nascimento de Zeus, segundo a mitologia. Mostrou também o palácio de Cnossos, construído especialmente para abrigar o Minotauro.

No aeroporto de Heráklion, foram recebidos pela mãe de Ariadne:

— Bem-vindo a Creta, Henrique, espero que goste do passeio. Faremos o possível para que sua estada seja agradável. — No caminho para a cidade de Chania, onde moravam, a mãe de Ariadne mostrou seu interesse pela vida do jovem e pelo Brasil, e fez várias perguntas. A filha observava atenta.

— Recebemos vários turistas brasileiros em Creta. Penso que brasileiros e gregos encaram a vida de uma forma semelhante: com otimismo e alegria! Temos nossos problemas, mas nossa visão de mundo nos permite enxergar além das dificuldades e superá-las. — O clima estava agradável e Henrique admirava a paisagem das praias de Creta. Chegaram a uma bela mansão, no bairro de Topanas.

A morada era bem localizada, no topo de uma colina, com quartos e varanda de frente para o Mediterrâneo. Na sala, perto da mesa de jantar, havia uma estante com a imagem de um deus, incenso e vinho. Ariadne disse:

— Neste pequeno altar, fazemos uma homenagem a Dioniso, deus do vinho, do teatro, da música. Em Creta, também é conhecido como deus do êxtase e do entusiasmo. Você já deve ter ouvido falar dele. — Henrique assentiu com a cabeça: — Sim, Panos me contou de sua origem na mitologia grega. — A jovem continuou a apontar os aposentos a Henrique: — Aqui em cima ficam os quartos, o meu, da mamãe e o quarto de hóspedes, onde iremos acomodá-lo. — O quarto dela tinha uma parede repleta de fotografias. Ela pequenina com o violino, com os pais; um pouco mais crescida em um concerto. Seu mundo era a música.

— Este é o seu pai?

— Sim, meu pai conheceu minha mãe quando passava as férias em Creta. Eles se apaixonaram e minha mãe engravidou de mim após seis meses. Meu pai decidiu vir morar em Creta por causa de nós duas. Quando eu tinha cinco anos, eles se separaram. Ele regressou para Paris. Meu pai me incentivou a aprender o violino desde pequena. Depois fui a Paris estudar, e lá estou.

— Imagino que você deve sentir saudades de sua mãe.

— Mamãe e eu somos muito diferentes. Ela é prática, pés no chão, controladora. Eu sou intensa, cabeça nas nuvens, romântica. Talvez um dia ela tenha sido como eu, mas a vida a transformou. Ela é apaixonada pelo meu pai até hoje, mas seu controle e ciúmes o afastaram dela. Meu pai é um espírito livre, sedutor e aventureiro. Eles são água e óleo. Venha, vamos almoçar e depois iniciaremos nosso tour pela ilha.

Após o almoço, foram de carro para o monte Dicte. Ao longo do caminho, Ariadne ia contando para Henrique os mitos da ilha.

— Diz a mitologia que Cronos, deus do tempo, tinha um medo terrível de ser traído pelos próprios filhos. Desta forma, exigia que sua esposa Reia lhe entregasse cada filho logo após o nascimento e os devorava. Cansada de perder os filhos desta maneira, ao se ver perto de parir mais um, Reia pediu ajuda a seus pais, que a levaram para uma caverna no Monte Dicte, num lugar bastante escondido no coração da floresta. Lá ela teve Zeus e o entregou aos cuidados das ninfas dos bosques. Voltou então para o palácio de Cronos e ele repetiu a ordem para que ela entregasse logo a criança. Assim que o marido se retirou, Reia enrolou uma pedra a uns lençóis, de modo que a pedra não fosse vista, e a deu a Cronos, que a engoliu, julgando ser o filho recém-nascido. Zeus foi criado por semideuses e por ninfas. Ao se tornar adulto, conquistou o trono de seu pai. Zeus e seus irmãos sortearam entre eles os poderes sobre o universo. Desse sorteio, resultou que o mar se tornasse domínio de Poseidon e o inferno, de Hades. A Zeus coube o céu e a soberania entre os demais deuses. O monte Olimpo tornou-se o palácio do rei dos deuses.

Henrique ouvia atentamente. Parecia hipnotizado pelas palavras da jovem. Chegaram ao pé do monte Dicte e caminharam por uma das trilhas que cercam o local. Chegaram a um pequeno riacho e se sentaram para descansar. A violinista tirou os sapatos e foi para a beira do riacho, apanhou um pouco de água com as mãos e molhou o rosto e o pescoço.

— Está uma delícia. Paris é uma linda cidade, mas não existe lugar onde eu me sinta mais viva do que aqui. Você sente a energia deste lugar?

Henrique foi em direção a ela.

— Sim, é maravilhoso. Esta ilha lembra minha terra natal. Espero que um dia você possa conhecê-la.

A jovem senta-se numa pedra na beira do riacho, Henrique a acompanha. Ele pode ouvir a respiração dela bem de perto. Ele continua:

— Obrigado por me trazer aqui. Eu me sinto até sem jeito por você dedicar seu tempo em me mostrar a ilha. Tantos compromissos, uma carreira de sucesso. Confesso que admiro sua autoconfiança, parece que sempre sabe o que quer. Como consegue, sendo tão jovem?

— As coisas nem sempre são o que aparentam, Henrique. Desde pequena, sempre fui muito só. Raramente tinha tempo para brincar com amigos, aliás, para fazer amigos. Meus pais estabeleciam uma agenda frenética de aulas e concertos. Chorava sozinha várias vezes; pedia para ter uma vida normal como as outras crianças. Hoje aceito melhor meu destino, mas no fundo sou apenas um ser humano carente de afeto e atenção. Quando o conheci no aeroporto, também tive inveja da sua vida. Viajando com seu avô, conhecendo outros países. Uma vida normal, sem muitos compromissos. Estranhamente, você me faz sentir bem, sua calma, sua mansidão, me trazem paz; trazem conforto a minha inquietude. Neste momento, não existe outro lugar onde eu gostaria de estar além de aqui com você! — O sol baixava seus raios e iluminava o rosto da jovem e seus fios dourados. Henrique se pôs a admirá-la. O silêncio do lugar era mais do que suficiente. Passaram um longo momento quietos. — Vamos, logo vai escurecer. Mamãe vai preparar um jantar de boas-vindas para nós.

Naquela noite, Ariadne, Henrique e sua mãe jantaram na varanda da casa, olhando para o Mediterrâneo. Ambas fizeram muitas perguntas a Henrique. Ele contou sobre sua infância e juventude em Salvador com os pais e avós, sobre o momento difícil após a morte do amigo Gabriel e seus planos para o futuro. As duas escutavam atentamente e sequer piscavam durante a narrativa do jovem. Elas contaram a história da família Cretense, dos mitos milenares e sobre a infância de

Ariadne, mostrando várias fotos. Momentos agradáveis que prosseguiram noite adentro. No final, a mãe de Ariadne se despediu de Henrique:

— Amanhã visitarei minha mãe em outra cidade da ilha. Volto à noite. Foi um prazer conhecê-lo, Henrique, e saber mais sobre sua história. Sucesso com os seus planos para o futuro. — Ariadne prosseguiu:

— Mamãe, amanhã vamos visitar o palácio de Cnossos. Sairemos cedo. À noite, iremos à celebração pagã antiga em homenagem ao Touro, símbolo da... fertilidade. — A mãe sorriu. — Sim, é verdade. É uma festa linda, aproveitem. Divirtam-se, minha filha, você está em sua casa. — Henrique se recolheu a seu quarto. Devido ao silêncio, conseguia ouvir a conversa entre Ariadne e a mãe, que lhe pareceu uma discussão acalorada. Adormeceu com o som do mar.

Chegaram ao Palácio de Cnossos logo pela manhã.

— As primeiras construções datam de dois mil antes de Cristo. Depois disso, várias reformas foram feitas. O que marca nas ruínas são as pinturas revelarem figuras de saltos acrobáticos sobre um touro, de onde se conclui que o animal, símbolo da fertilidade, sempre foi reverenciado na ilha. — Andaram, no subsolo do palácio, sobre ruínas construídas com forma semelhante a um labirinto. — A lenda do Minotauro, contada por seguidas gerações, começa com um castigo que Poseidon aplicou ao rei Minos, por este não realizar o sacrifício de um touro enviado pelo deus dos mares. Poseidon fez com que a esposa de Minos se apaixonasse pelo Touro e dele engravidasse, nascendo uma besta chamada Minotauro. Por vergonha, Minos construiu um labirinto, onde encerrou a fera. Periodicamente, enviava jovens em sacrifício, que eram comidos pela fera. Certa vez, foi enviado um jovem semideus chamado Teseu, que matou o Minotauro com uma espada mágica, presente da filha de Minos, Ariadne, que também entregou um novelo de lã para Teseu poder sair do Labirinto.

— Num dado instante, Ariadne pegou a mão de Henrique e caminharam rápido pelos labirintos. Podia ouvir a respiração dela acelerada, sentia o calor de sua mão. Já não podia saber onde estava e teve a impressão de que se afastavam de lugares conhecidos, dificultando o caminho de volta. Pararam em frente a um enorme paredão com alguns desenhos na parede. Parecia que estavam perdidos. Ariadne aproximou-se de Henrique. Seus lábios tocaram os dele suavemente. Podia sentir as batidas de seu coração. Os lábios macios. Envolveu-a num abraço. Repentinamente, Ariadne se afasta:

— Não, não posso, não devo... — e corre. Henrique leva alguns segundos para se recuperar e perceber o que se passara. Então, põe-se a perseguir a jovem. A trilha pelo palácio era cheia de labirintos. Henrique já não podia avistar Ariadne. Entrou por vários caminhos e parece que sempre voltava ao mesmo. Um turbilhão de emoções se apoderou do jovem. O beijo, Ariadne, a viagem, parecia tudo tão confuso agora. Estava sem nada, num país estranho, numa cultura estranha, perdido em um labirinto. Ao mesmo tempo, sentia-se tão cheio de vitalidade. Naquele momento, lembrou-se do amigo Gabriel. Será que ele não sentira aquela solidão? O rosto do amigo veio-lhe à lembrança. Tentou se acalmar. Era capaz de sair sozinho desta situação. Sim, era possível encontrar o caminho de volta. Contaria os passos, registraria algumas marcas nas paredes... Aos poucos, foi reconhecendo partes do caminho. Conseguiu chegar à entrada do palácio. Ariadne estava sentada em um banco, preocupada. Ao ver Henrique, agitou-se em sua direção e o abraçou.

— Mil desculpas, Henrique, não sei o que deu em mim. Quando vi, já estava correndo. Já estava preparada para chamar os vigilantes para procurá-lo. Ainda bem que você conseguiu retornar... — Henrique ficou em silêncio.

— Está tudo bem agora. Vamos comer alguma coisa, esta caminhada me deu uma fome... — Ariadne riu: — Você é sensacional! Depois de tudo isso, ainda pensa em comida. Gosto do seu senso de humor.

No início da noite, Henrique aguardava Ariadne para irem à celebração nas ruas de Creta. Ela surgiu de laços nos cabelos. Os olhares se cruzaram por um instante. Nenhuma palavra a mais era necessária. Ele sabia que ela se arrumara somente para ele. Saíram caminhando pelas ruas, observando o movimento das pessoas. Ariadne comentou:

— É celebração milenar na ilha de Creta. Antes do domínio grego, já se cultuava o touro, símbolo da fertilidade, e a Deusa mãe, símbolo da mãe natureza, a terra. Na celebração, algumas jovens eram sacrificadas e seguia-se um ritual de salto sobre o touro, feito por jovens homens que demonstravam sua coragem e eram iniciados na vida adulta. Uma bebida com base no vinho e *ouzo* era servida para embebedar as jovens antes do sacrifício. Após os gregos, este ritual se somou aos ditirambos em homenagem a Dioniso. — Henrique observou que as pessoas passavam animadas, vestindo máscaras de touro ou chifres de touro. Caminhavam em direção à praia, onde se reuniam para celebrar. Músicas pagãs, gregas... A multidão se comprimia na areia da praia e ambos eram arrastados pelo fluxo de pessoas. Pegaram duas bebidas e continuaram caminhando, agora pela beira do mar. Tiraram os sapatos. A água estava morna. Num dado momento, Ariadne para e olha para ele.

— Eu preciso te contar algo e quero ser honesta com você. Recentemente, terminei um relacionamento de dois anos com um empresário de Paris, filho de um dos melhores amigos do meu pai. Ele me pediu em noivado. Eu me assustei, achei que não estava pronta. Enfrentei meus pais. Eles me pressionaram para voltar. Não acho que satisfazer a vontade deles para agradá-los vai me fazer feliz. Quero decidir por mim mesma. Durante muito tempo, fiz o que eles planejaram. Agora chega. Sou livre para fazer o que gosto, tenho minha independência financeira. Quero seguir meu caminho. Eu estava num estado de ansiedade e desespero indescritível. Sentindo-me culpada por fazer alguém sofrer. Então surgiu você, naquele avião. Foi como se Deus me enviasse um anjo para me salvar. Sua história de vida, sua calma, sua simplicidade. Você se tornou minha paz, meu porto seguro. Algo totalmente diferente do que eu tive nos meus poucos relacionamentos. Hoje pela manhã, eu não resisti ao impulso, quero estar em seus braços, quero me sentir acolhida, protegida. Não me importa se você é mais novo, mas é maduro o suficiente para entender certas coisas da vida. Estou confusa, estou com medo, mas, ao mesmo tempo, me sinto bastante atraída por você. Não sei explicar. — Henrique, que já se sentia mais leve por causa da bebida, se declarou:

— Vir aqui passar estes dias com você foi a melhor decisão que já tomei. Confesso que estava assustado no começo. Eu me senti inferior a você. Não consegui entender por que alguém de talento como você ficou atraída por mim. Mas isso é racionalizar demais o amor. Ele simplesmente acontece. Eu me sinto bem ao seu lado. — Caminharam de mãos dadas. Admirando as estrelas. Os raios prateados sob o mar calmo eram convidativos. Já não se observavam pessoas ao redor. Apenas os dois, a lua e o mar infinito. A jovem estendeu uma toalha na areia e abriu uma garrafa de vinho.

— Em homenagem a Dioniso, ou seria Eros?

— Os dois. E à jovem mais bela que já conheci — ele sentiu coragem, um impulso arrebatador, envolveu Ariadne em seus braços, por trás. Ela se virou e o beijou. Um beijo longo, molhado, intenso, bem diferente do beijo da manhã. Ela se entregava. Não havia mais medo, confusão, culpa. Aos poucos, Dioniso servia seu néctar aos dois jovens e, aos poucos, os conduzia para si. Eros observava contente. Ariadne puxou Henrique pela mão e caminhou em direção ao mar. Entraram nos domínios de Poseidon. Ninfas e sereias celebravam. Faunos entoavam a melodia para os dois amantes sob olhar atento do firmamento. Nada mais entusiasma tanto os deuses e a humanidade do que o amor puro de dois jovens.

Henrique acordou com os primeiros raios de sol. Ariadne abraçada ao seu lado, sob a toalha, ainda dormia. Aqueles dias em Creta lhe proporcionaram intensas emoções. Era como se um portal se abrira diante dele, uma nova vida, novas possibilidades. E Ariadne estava no centro de tudo. Sim. Por ela, era capaz de mudar de vida, sentia coragem de enfrentar o mundo, queria mantê-la em seus braços, protegê-la e oferecer a ela tudo que de melhor ele tinha dentro de si. Instantes depois, Ariadne despertou. Sorriu para ele:

— Faz muito tempo que não tinha um sono tão relaxante. Dormiria por mais algumas horas com você aqui ao meu lado — abraçou Henrique com carinho e beijou-lhe o rosto. — Vamos para casa. Hoje regressamos a Atenas e mamãe deve estar preocupada.

Foram de mãos dadas, pela praia. Sol, areia, mar e os dois amantes. O silêncio do infinito e um vento que soprava palavras de amor. Chegaram em casa e a mãe os esperava à porta, bastante preocupada. Procurou disfarçar na frente de Henrique, que percebeu e pediu licença para subir ao quarto para arrumar suas coisas. Lá de cima, podia ouvir a discussão entre filha e mãe, que, pelo visto, não aprovara a noite fora de casa.

Na viagem de volta, Ariadne estava diferente: calada quase todo o voo. Procurou disfarçar com algumas palavras de carinho, mas Henrique percebeu que já não havia brilho nos seus olhos. Tentou pensar de modo positivo. Almoçaram juntos. Ele ficaria em Atenas, ela seguiria para Paris. Na despedida, a jovem chorou. Era uma mistura de dor, angústia, medo, saudade. Henrique quis confortá-la em seus braços.

— Henrique, não importa o que aconteça, eu sempre vou lembrar com carinho desses dias que passamos juntos. Por incrível que pareça, eu descobri uma Ariadne que não conhecia, que nunca se revelara, que estivera aprisionada durante longo tempo, tentando sempre satisfazer a expectativa das pessoas, dos meus pais principalmente. A menina exemplar que sempre ganhava uma recompensa quando fazia o que se esperava dela. Ao romper este padrão, percebi que a vida é mais do que isso. É arriscar-se, aventurar-se, atrever-se a navegar novos mares, a decepcionar os que amamos. Entregar-se aos sentimentos e viver o aqui e agora, sem preocupação do que vai acontecer depois, sem agendas, sem compromissos. E você me proporcionou isso. Você foi o único a conhecer a verdadeira Ariadne e você me libertou da prisão, do labirinto que eu mesma construí para mim. Você significa muito para mim e quero estar junto de você sempre que for possível. Vou ficar com muitas saudades. Mande notícias durante a jornada com seu avô.

Henrique ensaiou algumas palavras, mas nada saiu de sua boca. A garganta ficou seca. Abraçou forte Ariadne.

— Nunca vou esquecer os momentos que passamos juntos. Eu também renasci. Um novo Henrique segue adiante. Conte comigo sempre que precisar. Obrigado por tudo! — e saiu em passos largos sem olhar para trás.

No dia seguinte, Henrique embarcava com o avô para o próximo destino, revelado de última hora, como sempre. O amigo Panos ensaiou conter as lágrimas na despedida.

— Obrigado, amigos. Muito intenso tudo que vivemos nesses dias. Assim é o povo grego. Só sabemos viver o agora e com muita intensidade. Dramas ou alegrias, a vida só vale a pena se vivida em cores intensas. Meu coração abrigará sempre vocês.

Alfredo agradeceu ao amigo:

— Obrigado, Panos amigo. Mais do que companhia, mais do que conhecimento, você me deu a cura para algumas feridas que trazia dentro de mim. O mais importante da amizade está na qualidade dos momentos compartilhados. Apareça no Brasil, preciso te mostrar alguns lugares.

Alfredo e Henrique seguiram para o portão de embarque.

CAPÍTULO 6
PROVAÇÃO

Meu filho, estou na Europa com seu filho;
Tudo o encanta: tão jovem e tão vivo!
Teve o primeiro amor: no olhar, o brilho,
Luz ofuscante — o raio redivivo!...

Filho, estou numa Europa e vou comigo...
O que me encanta? Não é nada disso,
Nem continentes nem velhos amigos:
Num escuro ofuscante, o compromisso...

Temos o compromisso do fim, pois?
Todos temos, ninguém, nenhum desvia!!!...
Há, porém, contra tão nossa agonia,

Uma tática... já dada ao depois...
A sequência não só no próprio filho,
Mais, saber-se além: no filho do filho!!!

O voo para Londres foi uma eternidade para Henrique. Experimentava muita angústia frente as incertezas sobre o romance que acabara de vivenciar com Ariadne. Insistiria ela em assumi-lo apesar da torcida contra da família? Teria representado algo relevante para ela ou somente um romance de verão? Para ele, fora real e expressivo. Tocou-lhe fundo a alma... Sim, ele estava apaixonado por aquela garota. Alfredo percebeu a agitação do neto.

— Parece que aquela garota realmente mexeu com você, neto querido. — Henrique tentou disfarçar.

— Um pouquinho só. Sinto falta dela, mas depois acabo me acostumando com a distância. — Alfredo tentou acalmar o neto:

— Quando somos jovens, vivenciamos cada momento com muita intensidade e por isso mesmo amamos e sofremos sem olhar a perspectiva do tempo. Queremos extrair tudo na mesma hora, desejar que aquele momento dure para sempre. Na vida, nada é para sempre. Tudo passa, tudo flui. Quando há muito futuro, como é o seu caso, temos que cuidar da angústia... Existe uma certa ordem no caos da vida que determina o tempo de cada coisa. Existem algumas condições para que cada fato ocorra. Para que o amor amadureça, para que o estudo dê frutos, para que a maturidade desabroche em bom senso. Apenas temos que desenvolver a sabedoria para perceber quando é este tempo. Se vocês tiverem que ficar juntos, virá este tempo e você aprenderá a esperar.

— Mas, vovô, como aprenderei tudo isso?

— Essas coisas não se aprendem, meu neto, elas simplesmente acontecem dentro de você. Vocês dois tiveram uma experiência única, de amor, de paixão, de envolvimento. Necessita tempo para consolidar, para a semente crescer e dar frutos. Ela irá procurá-lo na hora certa.

Fazia frio na capital inglesa quando desembarcaram, bem diferente do clima ateniense de antes. Entardecia e uma garoa fina dava o tom. Na área de desembarque, avistaram uma senhora de capa e guarda-chuva, segurando um cartaz com o nome Alfredo. Ele a cumprimentou e disse:

— Este é meu neto Henrique, que me acompanha na viagem.

— Sou May Weather, mas me chamem de May. Bem-vindos a Londres, apesar deste tempo nada hospitaleiro, nem agradável.

— Encantado, Senhora May.

— Sigam-me. Já tenho as passagens de trem e metrô, será uma viagem longa. Vistam os casacos. O frio daqui engana e pode causar problemas aos visitantes desavisados.

Tomaram o trem do aeroporto e tempos depois estavam na morada da senhora Weather, no bairro de Bloomsbury. A casa, de estilo georgiano, era agradável e espaçosa.

— Desde a morte do meu marido, pensei várias vezes em me mudar para um apartamento ou algo menor. Meus filhos já são grandes e formaram suas famílias. Eu me consolo com alguns fins de semana com os netos, sempre que seus pais precisam de mais sossego. Mas dá trabalho administrar uma casa deste tamanho. Preparei um quarto para vocês lá em cima. Em meia hora, é hora do chá, uma tradição nossa. Aguardo vocês.

Alfredo e Henrique colocaram as malas no quarto de hóspedes. Duas camas preparadas impecavelmente, com zelo e método. Uma escrivaninha no meio das duas. Numa pequena estante, livros de Dickens e Shakespeare. Henrique reconheceu David Copperfield e Hamlet. No aposento ao lado, várias estantes com livros de História Britânica e Mundial. Henrique ficou examinando os livros nas estantes. Logo o avô o chamou. Era hora do chá. Encontraram a senhora Weather sentada à mesa, que se achava impecavelmente coberta por uma toalha de linho. Louças de porcelana chinesa. Um bule de água quente, uma caixa de sachês de chá, bolachas e torradas.

— Nós, ingleses, levamos a sério a hora e a cerimônia do chá da tarde, tradição da era Vitoriana. Tratamos os assuntos mais importantes, entre eles o clima e o tempo. Apesar de parecermos avançados, somos uma sociedade de costumes tradicionais e conservadores. Algumas vezes, até mesmo provincianos. Cuidamos bastante da vida alheia também nestas conversas. Como têm sido a viagem de vocês até aqui?

— Muito agradável, já passamos por China e Grécia. Vários aprendizados. Culturas bastante distintas, mas extremamente ricas — respondeu Alfredo.

— A princípio, receio que vão se decepcionar um pouco com a Inglaterra, a começar pelo clima, bem pouco inspirador. Posso afirmar que a alma central da cultura inglesa foi forjada na resiliência. Primeiro, pela atmosfera hostil, fria, chuvosa. Depois, pelas constantes invasões e dominações de outros povos: romanos, saxões, gauleses, escoceses, nórdicos. Estes últimos com consequências difíceis para a população. Na história mais recente, fomos o único centro expressivo de resistência ao avanço nazista na segunda grande guerra. Se tivéssemos caído, o mundo hoje não seria o mesmo. — May era professora dos cursos de História e Literatura da Universidade de Londres. Profunda conhecedora da formação histórica do povo inglês e também dos grandes escritores e filósofos ingleses.

— Mas também houve o período expansionista do Grande Império Britânico — relembrou Alfredo.

— Tem razão. Pegamos carona no Iluminismo e na Revolução Industrial. Na era vitoriana, consolidamos um grande império, graças ao poderio naval e bélico. Nos mares, nenhuma nação nos ameaçava. Por outro lado, tínhamos dificuldades em manter nossas colônias, que foram caindo uma a uma. Nunca tivemos experiência nem tato para ser colonizadores. Sempre estivemos do outro lado, sendo invadidos ou conquistados. Cometemos erros estratégicos. — A senhora Weather fez uma pausa. — Acredito que vocês devem estar bem cansados. Sairemos amanhã bem cedo. Temos uma boa agenda para os próximos dias. — A inglesa despediu-se com um gesto cortês e foi para seus aposentos. Quando estava no quarto, já deitado, Henrique enviou uma mensagem a Ariadne. Era a segunda mensagem que enviara depois que se despediram. A falta de notícias dela o preocupava. Teve um mau presságio.

Como era de esperar, fazia frio na manhã seguinte. A chuva, fina e persistente, não dava tréguas. Era necessária muita força de vontade para, naquele clima, despertar cedo todas as manhãs. Ao descer para o desjejum, Henrique presenciou o avô e a senhora Weather em conversa polida:

— Nasci alguns anos após a Segunda Grande Guerra. A Inglaterra estava arrasada e tentava se reerguer, assim como toda a Europa. Recebíamos produtos industrializados americanos, já que nossa indústria de transformação fora quase toda destruída pelos bombardeios alemães. Havia racionamento de comida e combustível. Churchill era o grande herói inglês e o povo confiava nele para liderar a reconstrução do país. Seu papel em liderar a resistência inglesa durante a guerra contra os alemães fora formidável. Persistente, detalhista, estrategista, corajoso, trabalhador e teimoso. Amava seu país acima de tudo. Era o pai ou avô que todo inglês ou inglesa desejava ter. A nação sentia-se protegida com ele. É algo interessante, mas nosso país sempre foi capaz de formar grandes líderes ao longo de sua história e o povo sempre alimentou esta necessidade no seu imaginário. Alguém que, com seu exemplo e energia inesgotável, pudesse liderar os ingleses contra as invasões, em guerras, contra rebeliões de separatistas. Grandes reis, rainhas e líderes povoam nossa história e nossa literatura. É como se o povo inglês sempre precisasse de alguém em quem pudesse encontrar inspiração, ânimo, entusiasmo. E com capacidade para liderar o país com os ideais da justiça, família e religião. Talvez o maior exemplo deste imaginário coletivo seja o rei Arthur e sua famosa Camelot. — Alfredo gostara do jeito da senhora Weather. Tranquila, sempre com pausas de respiração ao longo da fala. Sua clareza em comunicar-se fazia com que os ouvintes se sentissem embalados e acolhidos, como se ela estivesse murmurando uma canção de ninar. Era como se fosse uma versão mais velha da Mary Poppins.

Saíram os três com guarda-chuvas e casacos. Caminharam por várias quadras e pararam em frente à National Portrait Gallery.

— Gosto de trazer meus alunos neste museu. Ele conta a história do desenvolvimento do país por meio de retratos das figuras mais influentes da sociedade ao longo dos séculos. Aqui podemos ter uma perspectiva realista e acurada da cultura britânica e o que podemos aprender com ela. — Pararam em frente ao busto de Sir Thomas Mallory. — Este famoso cavaleiro da cidade de Warwickshire nasceu em 1405 para se tornar um dos mais famosos romancistas ingleses. Sua obra "Le morte d'Arthur" é um dos romances mais lidos e referenciados do mundo. Nela, em inglês medieval, ele conta a história do rei Arthur e dos cavaleiros da Távola Redonda, alimentando a lenda da espada Excalibur e do reino de Camelot. O texto denuncia a limitação e a imperfeição humanas ao expor a inveja, a cobiça pelo poder e a traição, esta última a principal causa da queda do reinado de Arthur, devido ao caso extraconjugal de seu melhor cavaleiro, Lancelot, e a rainha Ginebra.

— E por que você acha que a história de Arthur fascina tanto as pessoas? — indagou Alfredo.

— Talvez pelo fato de que é mais fácil colocarmos nossas esperanças e desejos em um salvador, um grande líder, que tenha coragem para resolver os problemas da humanidade. A vida fica mais fácil e o fardo que carregamos fica menor. O grande pai que me acolhe acalma-me o desespero pela minha condição humana. Não esqueçamos que Arthur foi ungido com o poder de remover a Excalibur, a espada mística. Somente ele tinha esta prerrogativa. Todos temos o sonho de que um líder similar a Arthur nos guie. — Foram caminhando por demorado tempo entre os bustos de reis e filósofos, enquanto a senhora Weather explicava didaticamente a importância deles para a história e cultura do povo inglês. Inevitavelmente, se detiveram diante do busto de William Shakespeare.

— Este foi, sem dúvida, um dos pensadores e artistas mais influentes da língua inglesa. A profundidade e a relevância de sua obra influenciaram poetas, reis, músicos, dramaturgos e filósofos de várias gerações. Os personagens de suas obras possuem características marcantes e um detalhismo psicológico que lhes confere um caráter universal. São capazes de tocar o público, expondo de forma simples a miserabilidade da condição humana. No Hamlet, talvez sua peça mais famosa, o príncipe enuncia o famoso "ser ou não ser, eis a questão", com o que o dramaturgo evoca a questão existencialista de estarmos condenados a nossa própria existência, de precisarmos, então, viver heroicamente, fazendo do sofrimento nosso instrumento de resistência para não desistirmos da vida. Este espírito heroico evocado por Shakespeare para enfrentar seu destino ou sua fortuna faz parte desde sempre do espírito inglês de resistência aos invasores e provações das guerras. É a simples aceitação de seu destino, com suas dores e alegrias, como parte da condição humana e procurar ser o melhor nas suas potencialidades. Em uma de suas mais famosas frases, o poeta também fala que a vida é contada por um idiota, cheia de som e fúria, sem sentido algum. Aqui ele expressa de forma nua e crua a condição humana e sua busca incessante por algum sentido que faça valer a pena. — Alfredo se impressionou com as palavras da senhora Weather, a facilidade em traduzir temas complexos em conceitos simples e aplicáveis ao dia a dia. Percebeu que ele, tal como o famoso poeta, buscava incessantemente pelo sentido de sua vida, o projeto pelo qual valesse a pena viver e morrer. Ele também precisava escolher entre ser ou não ser. Após a morte de Carmem, ele se sentia à margem da existência, um estado de não-ser inquietante e sufocante. Porém, intuía que estava chegando o momento de tomar uma decisão, abraçar ou não o seu destino. Se a vida lhe entregara uma cruz, por que não fazer dela o princípio de uma transformação profunda em seu estado de espírito?

Almoçaram num tradicional pub inglês perto do museu. A conversa prosseguiu cativante. Alfredo contou de sua infância e juventude e a senhora Weather se mostrou interessada. Henrique continuava preocupado com a falta de notícias de Ariadne, sentia-se desanimado. No entanto, inesperadamente, chega uma mensagem de Zhong Li: "Olá, tudo bem? Espero que esteja aproveitando a viagem. Onde vocês estão agora? Estou em Londres para um curso de história. Mande notícias." Que coincidência, pensou Henrique. Respondeu a Zhong Li que estavam na mesma cidade e poderiam se encontrar. Ela respondeu: "Tenho dois ingressos para a ópera Tannhauser, do Wagner, na Royal Opera House. O que você acha de assistirmos juntos?" Henrique concordou e marcaram para dali a dois dias.

Naquela tarde, a visita foi ao Regent's Park. Henrique não conseguia esconder a inquietação pela falta de notícias de Ariadne. Nenhuma notícia, nenhuma palavra. Apenas o silêncio perturbador. Algo grave se passara com ela, ou se arrependera dos momentos que passaram juntos? Ele mal conseguia comer, tamanha a ansiedade por notícias da jovem. Nem mesmo o contato de Zhong Li amenizara seu desconforto. Sim, estava enamorado de Ariadne e não conseguia esconder sua paixão. Desabafou com o avô:

— Estou preocupado com a falta de notícias da Ariadne. Será que algo grave aconteceu? — Alfredo olhou com compreensão para o neto. — Sei o que você está sentindo, mas se você gosta mesmo da Ariadne, sugiro que espere o contato dela. — Henrique ficou surpreso:

— Como assim? Se eu não a procurar, ela não saberá que gosto dela e quero ficar com ela. — Alfredo retrucou:

— Se você entrar em contato, poderá criar nela uma pressão. Ela já tinha uma vida estruturada antes de você chegar. Foi tudo rápido e intenso entre vocês. Talvez ela precise de um tempo para processar tudo isso. Deixe a garota decidir o seu caminho com calma. Você é jovem. Tem todo o tempo a seu favor. Alguns dias ou semanas não vão fazer diferença. — Henrique não entendia a posição do avô. Começou a pensar que o avô também não aprovava o relacionamento dos dois. Esperar definitivamente não fazia parte da vida dele neste momento. Ariadne tomava boa parte dos seus pensamentos; seu toque, suas mãos, seu perfume, seu olhar. O maior medo era de dar-se conta que todos aqueles momentos juntos nada significaram para ela. De certa forma, não foi o que ela lhe disse na despedida, mas a insegurança e a desconfiança dos apaixonados estão sempre à espreita. Querem sempre ser o centro das atenções, a prioridade absoluta na vida do ser amado. Mas Henrique sentia-se cansado da espera. Queria desesperadamente notícias de Ariadne. Adormeceu e sonhou. Estava com Ariadne nas praias de Busca Vida, construindo castelos de areia. De repente, Ariadne diminui de tamanho e entra em um dos castelos. Henrique não conseguia mais alcançá-la nem vê-la, pois ela se escondera. De repente, avista uma onda vindo de encontro ao castelo. Chama a garota, tentando alertá-la do perigo, mas nenhuma resposta. A onda invade, destruindo o castelo e levando tudo que encontra pela frente. Henrique acorda assustado.

Na manhã seguinte, foram visitar o museu Charles Dickens. A senhora May explica:

— Dickens é um escritor fabuloso. Seus personagens são de um realismo assustador. Personalidades marcantes que também habitam o imaginário do povo inglês e que viraram neologismos. Impressiona a habilidade de Dickens em denunciar a desigualdade da sociedade britânica pós-revolução industrial e, de forma sutil, suscitar nas pessoas um clamor pela reforma do pacto social existente na época. Ele promove uma revolução com seus livros sem ser um ativista social ou político. Seus personagens ganharam vida para além dos livros; despertam a compaixão e revolta nos leitores justamente por serem humanos e reais. — Chegaram ao livro *Um conto de Natal*, que narra a transformação pessoal pela qual passa o rico e avarento Ebenezer Scrooge, que recebe a visita dos três espíritos de Natal. A última visita, a do Natal do Futuro, revela um cenário frio e melancólico, produto da forma como o velho vive sua vida no presente. Um futuro solitário e sem amigos é apenas a consequência da forma como atuou na vida. Alfredo filosofa:

— A experiência de confrontação com a própria morte pode ser extremamente libertadora e transformar profundamente uma pessoa. Para Scrooge, foi a visão do futuro, ou de sua morte solitária e sem amigos. Esta experiência foi suficiente para que ele se transformasse e mudasse seu comportamento em relação à vida. — Henrique e a senhora Weather assentiram com a cabeça: fazia sentido a reflexão do Alfredo. A qualidade de nosso tempo final refletirá a qualidade do caminho percorrido. A graça da vida é que ela nos dá inúmeras oportunidades para mudança de nosso destino por meio de nossas atitudes e escolhas. Para isso, precisamos estar atentos aos sinais: pode ser uma experiência limite, uma conversa com os pais, irmãos e amigos, uma epifania ou os achados de uma terapia. Alfredo ficou pensativo após a visita. Será que ele vivia bem após a morte de Carmem? Ela se orgulharia de suas escolhas? Esta sensação de estar se arrastando ou pagando uma penitência persistiria até quando? Ele também percebeu que foram poucos os momentos na viagem em que se sentira melancólico ou depressivo. O contato com os amigos, novas culturas e a companhia do neto faziam-no sentir-se vivo novamente. Como encontrar um novo sentido para a vida? Esta era a pergunta mais valiosa naquele momento.

Após o jantar, Henrique se recolheu mais cedo. Sua paixão o atormentava, sentia algo queimando por dentro. Em um rompante de ansiedade, enviou várias mensagens para Ariadne. Arrependeu-se depois. Não queria mostrar sua insegurança e impaciência. Nem sua imaturidade. Ficou mais agitado e procurou ler um livro para se acalmar. Na sala, junto à lareira, Alfredo e a senhora Weather conversavam:

— Estou bastante preocupado com meu neto. Ele está enredado numa paixão intensa com uma moça grega e agora seu espírito se encontra dominado pela ansiedade e insegurança típica dos apaixonados. Eu me preocupo que esta nova geração está sendo direcionada para o gozo imediato. Isso provavelmente se deve à velocidade acelerada com que os fatos acontecem hoje em dia, por causa das tecnologias e da alta conectividade das redes sociais. As relações são instantâneas, exacerbadas, e o apelo libidinal é máximo. Ao mesmo tempo, tudo é descartável e podemos ser deletados ou bloqueados imediatamente da vida de alguém. Confundimos gozo com desejo. E por ansiar ao prazer imediato, não aceitamos o não como resposta. Como consequência, ficamos cada vez menos resilientes às frustrações da vida, e uma pequena derrota pessoal soa como a aniquilação do ser, a morte do ego. Desaprendemos a desejar, pois o desejo é querer aquilo que não se pode ter, pelo menos por um dado tempo. Ficamos impacientes para esperar a maturidade nas relações. A verdadeira intimidade torna-se espécie rara entre os seres humanos, a senhora não concorda?

— Por favor, Alfredo, me chame de May. Você tem toda razão. Vejo este comportamento nos meus alunos e me preocupo com o nível de ansiedade e imediatismo deles. Os índices de suicídio têm crescido mais na faixa etária dos mais jovens aqui na Inglaterra. A dificuldade de comunicar seus próprios sentimentos e a angústia existencial em virtude das incertezas do futuro colocam os jovens no cárcere da solidão. Por se sentirem inalcançáveis, atingem um tal grau de desespero que abraçam o suicídio, o não ser, pela própria incapacidade de suportar o sofrimento inerente a nossa condição humana. A baixa resiliência que você comentou também contribui para este quadro de insanidade mental. O que mais me preocupa é que o suicídio está sendo cada vez mais rotulado como produto de uma doença mental, a depressão aguda ou crônica, e vende-se a falsa ideia de que ela pode ser curada com medicamentos e ajuda médica, quando vários casos de suicídio, principalmente entre os jovens, originam-se da incapacidade da sociedade de acolher suas angústias existenciais, produto de um modelo social cada vez mais narcisista e consumista. Ou seja, o estado de depressão que leva ao suicídio é causado pela incapacidade do jovem em transmitir, comunicar sua dor existencial.

— May, me chama a atenção a clareza de sua visão de mundo e a forma simples com que você consegue transmiti-la. Estes dias em sua companhia têm sido bastante agradáveis. — A senhora Weather corou, como que apanhada de surpresa.

— Na verdade, fico bastante à vontade em sua companhia e nossas conversas têm tomado um grau de intimidade incomum aos ingleses, sempre formais. Após a morte do meu marido, raramente tenho oportunidade de ter momentos em que posso ter conversas tão profundas com alguém. Vários confundem intimidade com contato físico, mas este momento aqui com você consigo me sentir íntima, sem sequer tocá-lo. Consigo sentir sua humanidade, é um momento sagrado para mim. Obrigada por permitir isso. — Alfredo se sensibilizou. Ele também se sentia acolhido com a presença daquela mulher. A conversa durou horas, até que se recolheram, não cansados, mas revigorados pelos momentos compartilhados daquela intimidade.

No dia seguinte, foram visitar o museu Britânico, fundado em 1753 e dotado de um acervo fantástico, muito dele conquistado nas expedições britânicas ao redor do mundo. Alfredo e May caminhavam juntos, comentando sobre as obras e suas curiosidades. Henrique mantinha distância e um certo desinteresse quanto ao que acontecia a seu redor. Ariadne dominava seus pensamentos e a angústia que sentia o impedia de aproveitar o instante presente. E novamente a mesma associação ocorre: uma mensagem chega no seu celular: "Oi, Henrique, onde nos encontramos hoje? Às dezessete horas está bem para você?" Henrique ficou inconformado. Como poderia ter esquecido o compromisso com Zhong Li... Já eram quase três da tarde e ele precisava sair urgentemente para se arrumar. Despediu-se do avô e da senhora May e saiu rapidamente.

Encontraram-se em um pub perto da Royal Opera House. Zhong Li estava de longo e um casaco preto. Correu em direção a ele assim que o viu e o abraçou. Henrique ficou sem graça.

— Fico feliz em revê-lo. Senti saudades. Fiquei muito emocionada com a surpresa que você me fez. Muito obrigada! — Henrique retribui com um sorriso e agradeceu:

— Vamos entrar? — pediram duas cervejas tradicionais inglesas. — Conte as novidades, como foi sua viagem à Grécia? Está aproveitando Londres? O curso aqui está sendo ótimo e vai ajudar muito a complementar minha formação. Além disso, fiz vários contatos e logo farei alguns trabalhos na Universidade de Beijing. Depois de sua visita e das nossas conversas, recuperei minha autoestima que andava um pouco em baixa. Percebi que preciso viver bem para honrar todo esforço que meus pais e meus avós fizeram. Esta ideia me deu forças para continuar. E você?

Henrique deu uma pausa antes de continuar. Contou sobre a viagem à Grécia, sobre os aprendizados e os momentos vividos. Falou também da Inglaterra e de sua história fascinante. A senhora Weather estava sendo uma ótima anfitriã, assim como havia sido o Panos em Atenas. Contou como se fortaleceu a relação com o avô e como a viagem o estava transformando e a si próprio.

— Eu preciso contar algo muito importante que aconteceu comigo na Grécia. Conheci uma garota, aliás, uma mulher já, e me apaixonei por ela. — Henrique percebeu que Zhong Li baixara os olhos. Num instante, o sorriso desapareceu de seu rosto e agora mostrava um semblante de decepção e frustração. Henrique percebeu e tentou mudar de assunto. Zhong Li o retomou:

— Tudo bem, Henrique, você tem todo direito de buscar sua felicidade. Apenas achei que os momentos que compartilhamos juntos significaram algo para você. Para mim, foram muito importantes. Você me transformou e vou ser grata para sempre por isso. — Henrique gaguejou antes de falar. Estava nervoso.

— Significaram muito para mim também. Vou recordar sempre com carinho. Mas nem sempre escolhemos os caminhos do coração. Fui pego de surpresa por esta moça e estou preso em dúvidas quanto a se os momentos que passamos juntos significaram algo para ela. Não consigo parar de pensar nisso. — Silêncio. Os dois estavam desconfortáveis e inquietos. Todo entusiasmo de Zhong Li se esvaíra num átimo. Henrique não sabia o que falar nem como agir. — Vamos, a ópera começa em meia hora. — Saíram caminhando em silêncio. O vento frio cobria as faces dos dois jovens. Outrora tão próximos, agora era como se uma muralha da China os separasse...

Chegaram à Royal Opera House. Sentaram-se em silêncio. A ópera trata do dilema entre o amor carnal, profano, e o amor casto, associado ao casamento, e é um dos ícones do Romantismo, quer mostrar que a redenção pelo amor é possível, desde que pelo sacrifício da paixão carnal. Começa a abertura, imponente. Instintivamente, Zhong Li segura a mão de Henrique, emocionada. Parecia querer desfrutar aqueles últimos momentos ao lado dele. A música, belíssima, invade a alma dos dois jovens. Ela aperta a mão de Henrique; lágrimas correm-lhe pela face. O espetáculo desenrola-se nos três atos. Os dois, mudos. Assistem, estupefatos, à redenção da alma do pecador Tanhauser pela alma da amada Elisabeth. A história calou fundo nos pensamentos de Henrique. Também as lágrimas de Zhong Li o comoveram. Agora sabia o que a jovem sentia por ele e também entendera o porquê de ela escolher este espetáculo para irem juntos. Era a coroação de uma sutil expectativa, uma frágil esperança de ter seus sentimentos correspondidos. Sem querer e sem saber, ele estragara tudo e a decepcionara. Ao fim do espetáculo, saíram caminhando quietamente. No metrô, se despediram. Ele balbuciou algumas palavras:

— Zhong Li, me desculpe... — A jovem o interrompeu:

— Você não tem culpa nenhuma, Henrique. Não há o que lamentar. Eu construí tudo isso e esperei ser correspondida. A vida é assim. Temos que seguir em frente. Não me faça promessas nem tenha pena de mim. Apenas quero continuar tendo sua amizade, como sempre fizemos até aqui. Continuamos assim? — Henrique acenou com a cabeça. Despediram-se com um demorado abraço. Ela entrou no metrô e ele seguiu caminhando absorto e cabisbaixo.

Nos dias que seguiram, Henrique teve dificuldades para se concentrar nas visitas que fazia com seu avô e a senhora Weather. Inquieto, absorto nos seus pensamentos, a obsessão por

Ariadne aumentava a cada dia. Não somente a falta de notícias o afligia, mas também a confirmação, em sua percepção, de que, para ela, tudo não passara de uma aventura romântica. Ele fora um passatempo, uma distração, momentos de diversão durante as férias nas ilhas gregas.

Alfredo percebeu o desassossego e a ausência do neto. Tentou puxar assunto:

— Recebeu alguma notícia de Ariadne, netão?

— Nada, vovô. Estou muito triste e decepcionado. Sigo enviando mensagens. Apenas silêncio e ausência de respostas. Nem sequer um oi para perguntar se estou vivo ou se está tudo bem. Acho uma falta de consideração e respeito. — Alfredo tentou ajudar:

— Difícil saber o que aconteceu com o retorno dela a Paris. Difícil julgar alguém sem saber das circunstâncias. Ela deve ter lá os seus motivos. Mesmo que difíceis de compreender num primeiro momento. Sabe, neto, sugiro que esqueça esta moça. Você é jovem, tem uma vida pela frente. Com certeza vai se recuperar desta paixão. Entendo e respeito seus sentimentos, mas acredito que vai ser melhor para você se seguir em frente com sua vida. Se ela quiser, com certeza vai te procurar. — Henrique silenciou e abaixou a cabeça. Os olhos ficaram molhados. Alfredo abraçou o neto com força. Sentiu seu coração bater acelerado. — Tenha certeza que sua avó Carmem também diria o mesmo. Ela o amou como nunca, desde que te pegou nos braços pela primeira vez. Tinha verdadeira admiração por você e queria sempre a sua felicidade. Estamos aqui do seu lado. Pode sentir? — A estas alturas, também os olhos de Alfredo já estavam vermelhos. Neste momento, percebeu que o neto sofria por amor e que se envolvera muito a sério com a moça. — Nada como um dia após o outro. A dor que você está provando vai diminuir até virar um sentimento de paz no seu coração. Então, você lembrará daqueles momentos com carinho. E crescerá, aprenderá com esta experiência. E sairá dela mais forte. O amor é um dos sentimentos mais puros e um dos poucos, talvez o único, que podem realmente nos transformar. Mudar nossa essência. Mudar as nossas vidas e nosso destino.

Henrique foi dormir com as palavras do avô ecoando em seu pensamento. Sem se dar conta do porquê, lembrou do Sr. Scrooge, da obra famosa de Dickens. Quem sabe esta não era uma experiência limite pela qual teria que passar e que mudaria seu destino para sempre? Acreditar nisso o confortava, e então dormiu mais aliviado. Muitas vezes, há males que vêm para o bem. Precisamos apenas estar atentos aos sinais. Agradeceu a Deus por ter avós como Alfredo e Carmem.

No dia seguinte, seguiriam para o próximo destino. Na despedida, Alfredo presenteou a senhora Weather com um bonito pulôver bordado. Recebeu dela uma caixa do tradicional chá inglês:

— É para você relembrar das nossas conversas na lareira — comentou carinhosamente, pousando a mão no braço de Alfredo, e com o rosto notoriamente corado. Em seguida, foi levá-los ao aeroporto. Despediram-se. E, persistente, a chuva fina caía sobre a capital inglesa.

CAPÍTULO 7

A LIBERDADE

No que insisto? Num novo mundo agora?
Novo Mundo... Utopia a ser escrita.
Desde outras longitudes circunscrita,
A esperança que vinga ao se ir embora...

Onde isso fica? Pode haver lá fora?
Pode haver uma terra que reflita
O desejo imortal que aqui se agita
De Liberdade sempre — em qualquer hora?!

Pois tal terra está justo dentro em nós!
Quando não se sucumbe à mesquinhez,
Quando não se é o centro toda vez

E nos calamos a ouvir outra voz!
Deixar o Velho Mundo pela América:
Nossa metáfora — nossa alma homérica!...

Chegaram a Paris um pouco antes do almoço. No desembarque, eram guardados por um senhor de estatura baixa, bigode, cachimbo na boca e que usava uma elegante boina:

— Sejam bem-vindos à França. Eu me chamo Francis Gaspard e irei acompanhá-los nesta viagem — Henrique achou graça daquela personagem caricata, que muito bem poderia ter saído de um dos livros de Charles Dickens.

Simpatizou imediatamente com ele.

— Muito obrigado, senhor Gaspard — disse Alfredo. — Me chame de Francis, por favor. Imagino que vocês devam estar com fome. Comemos alguns sanduíches e seguimos viagem. Tomaremos o TGV e seguiremos para Epinal, capital aos pés do Les Vosges, região turística e milenar da Alsácia-Lorena, sempre disputada por franceses e alemães, mas que deveria ser independente.

Durante o percurso, o simpático e falante Francis contava um pouco de sua história. A família do pai vinha de uma linhagem de militares franceses desde as guerras Napoleônicas. Seu avô lutara e morrera em batalha na Primeira Grande Guerra. Seu pai e seus tios lutaram na Segunda Grande Guerra. Foram transportados por barcos ingleses para terras britânicas após a famosa batalha de Cádiz e retornaram em 1944, na invasão da Normandia. Apenas seu pai sobrevivera; os tios morreram durante o desembarque nas praias sob o feroz bombardeio alemão. Francis também se formou oficial, assim como o pai e os tios, e lutou na Guerra do Vietnã, em um batalhão de forças especiais francesas enviadas para apoiar as forças americanas. Ferido em combate, voltara à França condecorado como herói de guerra, para recuperar-se dos ferimentos. Foi então que sua vida sofreu uma mudança repentina.

— Passava as férias de verão em Epinal, minha cidade natal, e fui com alguns amigos a Gérardmér, uma pequena cidade francesa. Estávamos andando pelas vinhas quando dei de cara com a garota mais linda do mundo. Minha pequena Chantal era um anjo de delicadeza em pessoa. Trazia um balde cheio de uvas nas mãos e quando deu comigo soltou-o e saiu correndo assustada. Seu pai e seu irmão vieram armados, também assustados com a reação da filha, e quando viram que éramos apenas alguns jovens num passeio de verão, tranquilizaram-se e nos ofereceram água e sucos. Chantal e eu nos casamos dentro de um ano e eu jamais retornei ao Vietnã. Pedi transferência e continuei no Exército Francês, lecionando história das guerras e grandes batalhas na Academia de Oficiais. O amor por Chantal salvou minha vida. Sem ela, poderia ter morrido no Vietnã ou poderia ter vivido uma vida sem sentido pleno. O verdadeiro amor é o combustível da vida. Construímos nossa família e hoje me sinto um homem completo e com uma família linda. Meus filhos e netos nos visitam sempre e podemos relembrar nossa história nos almoços de domingo. — Henrique ficara impressionado com as histórias do francês e a todo momento o interrompia com mais e mais perguntas. Francis gostava do interesse do jovem, que o estimulava a avançar na narrativa. Alfredo observava com atenção e se deliciava com a curiosidade do neto. "Pelo menos este interesse na vida do francês ajudava a desviar os pensamentos fixados em Ariadne", pensou ele.

Chegaram a Epinal no final da tarde. Na porta da casa, Chantal os esperava sentada num banco. Reservada e muito educada, tinha as bochechas rosadas de timidez.

— Bem-vindos a nossa casa. Devem estar cansados da viagem. Posso oferecer-lhes um espumante ou suco de uva?

— Estamos encantados em conhecê-la, senhora Gaspard, aceitamos sim um suco de uva para refrescarmo-nos. Agradecemos pela hospitalidade. — Logo em seguida, surge um fox terrier abanando a cauda. Francis chamou sua atenção:

— Olá, Petit, temos visitas. Por favor, comporte-se. Petit tem a mesma idade do nosso caçula, 19 anos. Compramos quando ele nasceu. Agora ele está em Lion, na Universidade. Petit ficou para nos fazer companhia. Está velhinho, mas ainda muito ativo.

Chantal acercou-se com o suco de uva. Alfredo reparou nos olhares entre Francis e a esposa, um para o outro. Pura cumplicidade, uma gratidão por estarem juntos e desfrutando aquele momento. Sentiu uma *inveja branca*... Doía-lhe a alma por não ter mais, presencialmente, o olhar de Carmem. Mas ficou feliz pelo casal. E alegrou-se pelo presente que lhe deram. Definitivamente se amavam, não mais como dois jovens apaixonados, mas como dois velhos amantes companheiros de uma vida. O amor maduro é distinto da paixão juvenil. Porque é o amor pelas qualidades e pelos defeitos do outro. O amor onde se coloca o outro no centro e não a si mesmo, tal como o entusiasmo cego da paixão. O amor maduro é a evolução da paixão juvenil.

Chantal estava muito curiosa para saber da vida e dos costumes do Brasil. Alfredo encarregou-se de falar um pouco de seu povo, de seu país e de seu estado, a famosa Bahia! Ressaltou que as cores da bandeira baiana eram iguais às da França e sua geografia e superfície se assemelhavam. Falou bastante da religião e ressaltou que sua falecida esposa trabalhara com a então recém-beatificada Santa Irmã Dulce, primeira santa baiana. Colocou no celular o hino do Senhor do Bonfim, padroeiro dos baianos, e Chantal emocionou-se com a melodia. A conversa, já de várias horas, estava bem agradável, mas Chantal, de repente, se lembrou do jantar.

— Nossa, o tempo passou muito rápido. Vou preparar o jantar.

Logo sentaram-se à mesa. Religioso, Francis puxou um pai-nosso, acompanhado silenciosamente pelos visitantes. O jantar estava saboroso. Alfredo e Henrique repetiram os pratos.

— Incrível como o sabor da comida na França é diferente da dos demais países. Se tivéssemos apenas queijo e pão, ficaríamos felizes. A senhora cozinha muito bem! A sopa de cogumelos estava uma delícia. — Chantal agradeceu, deu uma risada de canto de boca e ficou com as bochechas coradas. Francis a acompanhou no sorriso. Alfredo fez uma cara de surpresa.

— Fui indelicado nas minhas palavras? — Francis então caiu na gargalhada. Alfredo e Henrique ficaram perdidos sem saber o motivo da piada. Francis precisou de um copo de vinho para recuperar-se.

— Não, Alfredo, é que servimos para vocês um prato típico da nossa região. Não se trata de sopa de cogumelos. É um creme de queijo à base de lesmas ou *escargot*, como preferir. — Alfredo e Henrique entreolharam-se e começaram a rir.

— Ah, meu amigo, fique tranquilo! Se você souber o que estamos acostumados a comer na nossa culinária baiana, estas lesminhas inofensivas nem de longe são as mais esquisitas que comemos. — Todos riram e desfrutaram uma prazerosa noite. Henrique foi deitar-se feliz e relaxado. Os pensamentos em Ariadne ficaram definitivamente em solo inglês.

Na manhã seguinte, foram fazer um passeio de barco pelo rio Moselle, que cruza a cidade de Epinal.

— Este é um destino turístico bastante procurado devido à proximidade das florestas do Des Vosges e seus canais de lagos e rios. Próximo a Luxemburgo, Bélgica e Alemanha, têm turistas destes países o ano inteiro. Aqui recebemos bem os turistas e os ajudamos com dicas da região. O rio Moselle nasce nos Vosges franceses e atravessa várias cidades francesas, Luxemburgo e desemboca no rio Reno, na Alemanha. É importante para o desenvolvimento da região, principalmente para as vinícolas e a indústria extrativa.

Fazia calor. Henrique e Alfredo admiravam a paisagem enquanto o barco passava no seio da cidade. Nas duas margens, estabeleceram-se vários negócios, residências, floriculturas, papelarias, bares e restaurantes. Uma visão integrada do rio com a vida cosmopolita. Na área rural, avistaram diversas vinhas e vinícolas, todas pequenas propriedades.

— Aqui em Epinal, geralmente predominam as pequenas propriedades. Os produtores rurais têm orgulho da qualidade do que produzem. Também encontraremos vários produtores de *escargot* nesta região. — Pararam o barco para almoçar em um restaurante chamado "La fleur des Vosges". Foram recebidos por *monsieur* Hulot, um velho amigo de escola de Francis.

— *Salut*, Francis, vejo que temos visitas em Epinal.

— Sim, são dois amigos brasileiros que vieram nos visitar e conhecer um pouco da região. O que temos para hoje?

— Hoje é um dia especial, temos um delicioso quiche Lorraine com *confit* de pato, vocês vão adorar. Os patos são criados na propriedade da família e o queijo é artesanal, feito também por nós.

— Vejam, amigos, esta é a vantagem de morar no interior da França. A qualidade de vida, a relação com os amigos e a família. — Alfredo e Henrique concordaram. Hulot trouxe um vinho artesanal: — Esta é a joia da coroa da família, premiado no último festival de Lorraine, um vinho tinto espetacular, com o típico frescor dos Vosges. — Henrique provou o vinho. A memória gustativa o remeteu para aquele jantar em Atenas com Ariadne. Como estaria ela? Estaria ainda pensando nele? O que estaria fazendo? Distraía-se um pouco em seus devaneios com a grega quando chegaram os pratos. Sabor indescritível. Francis tinha razão, o apreço pela qualidade estava arraigado na cultura culinária. O perfeccionismo no preparo dos pratos é levado à última instância. E o resultado final é maravilhoso. Hulot compartilhou com os novos amigos a forma de preparo dos pratos, algo raro entre os *chefs* franceses. Sua próxima meta é conquistar uma estrela Michelin. O que significa um alto padrão de qualidade, desde a escolha dos ingredientes até a forma de preparo. Um desafio grande para toda a família. Henrique ficou impressionado com a união desta em torno daquele projeto. Seria possível criar algo similar com sua família no Brasil? Descobriu que um bom projeto pode conciliar e unir fortemente todos os membros de uma família, fazendo grande diferença também em suas vidas pessoais.

Despediram-se de Hulot e seguiram o passeio de barco. A tarde estava perfeita e os raios de sol iluminavam os lugares onde passavam, sob olhares sempre curiosos da população local. Desembarcaram perto do cais, onde Chantal os aguardava. Francis esclareceu:

— Vamos agora a Gerardmére, cidade natal de Chantal. Hoje é a festa da colheita da vinha dos pais dela e fomos convidados. — Lá chegaram bem próximo ao entardecer. Na porta, posicionados, os pais de Chantal, dois velhinhos muito simpáticos, a receber os convidados. A propriedade estava toda enfeitada com bandeirolas e logo próximo a um barracão era possível avistar grandes tachos de madeira, provável local de maceração das uvas. Dentro do barracão, mesas com muitas comidas típicas da região, queijo, frutas e doces. O clima era de alegria e emoção na família de Chantal. Muitos tinham apenas esta oportunidade no ano para rever os parentes. Alguns já nem podiam vir mais pelo estado de saúde debilitado. Os que conseguiam, compareciam religiosamente. Uma lua cheia apareceu majestosa iluminando a noite. Uma banda com um violino e um acordeão animava os convidados. Em dado momento, a atenção de todos voltou-se para o patriarca da família, o pai de Chantal. Ele agradeceu a presença de todos, comandou um Pai-Nosso e uma Ave-Maria. Em seguida, as mulheres adentraram os tachos de madeira onde estavam as uvas a serem maceradas e uma marcante melodia teve início. Todos em uma só voz acompanharam a bela música *Clair de lune*, do importante compositor Debussy. Tempos depois, Francis pediu a palavra, solicitou que sua esposa Chantal saísse de um dos tachos e ficasse ao seu lado:

— Neste ano, Chantal e eu completaremos 35 anos de casados. Parece que foi ontem que uma menina assustada surgiu na minha frente com um balde de uvas e saiu correndo temerosa ao encontro dos pais e dos irmãos. Eu não achava que era tão feio — todos riram. — Quero agradecer meus sogros, meus pais adotivos, por me acolherem com tanto amor no seio de sua família. E quero agradecer a você, minha querida Chantal, pela família que formamos, por sua dedicação, amor e companheirismo. Você surgiu em minha vida num momento no qual eu não sabia para onde ir. E você foi a lua a iluminar meu caminho nas noites mais escuras e difíceis. Muito obrigado, minha amada. — Todos aplaudiram e Chantal enlaçou Francis com força, visivelmente emocionada. Alfredo abraçou o neto, emocionado. Era difícil passar incólume a uma declaração de amor tão bonita daquele casal. A festa prosseguiu até tarde.

Nos dias que se seguiram, Francis e Chantal foram anfitriões formidáveis. Mostraram toda a região do Des Vosges para os amigos brasileiros. Uma visita que marcou os dois foi a do cemitério dos soldados americanos. Saíram logo pela manhã e Francis contou sobre a história da família:

— O des Vosges sempre foi uma região disputada por França e Alemanha e foi palco de grandes batalhas na Primeira Grande Guerra. Meu avô foi nomeado coronel um ano antes do início e participou da invasão à Alemanha. Era um militar brilhante, mas foi morto em combate em 1915; está enterrado em um cemitério que hoje faz parte do território alemão. — Alfredo interrompeu:

— Uma pena que seu avô tenha falecido cedo e vocês não se conheceram.

— Sim, Alfredo, infelizmente as guerras separam muitas famílias e no meu caso foi bem difícil porque, além do meu avô, perdi meus tios na Segunda Grande Guerra. Eles estão sepultados em Verdun, há algumas horas de carro daqui. — Pararam em frente ao cemitério americano, onde jazem os mortos em combate na Segunda Guerra Mundial. A visão impressionava. Um mar de lápides mostrando os nomes dos soldados e oficiais americanos mortos em guerra. Demoraram caminhando entre elas. O silêncio e a paz do lugar eram marcantes. Apenas se ouvia o canto dos pássaros e o zumbido de algum inseto.

— Apesar de ser militar, antes de tudo sou um humanista e defensor ferrenho do direito à vida. Imagino o sofrimento dos pais destes jovens, que não puderam sequer sepultar seus filhos com dignidade. A guerra é uma das piores invenções do homem e não tem sentido algum. Quantas famílias foram dizimadas, quantos amores foram destruídos, quantos potenciais da humanidade foram aniquilados nas sucessivas guerras que nos precederam? O pretexto da guerra é proteger mais vidas, ou direitos, ou a liberdade, mas com a prerrogativa de destruir vidas. Que sentido tem isso? Tirar a vida de qualquer ser humano é abominável, seja qual for a justificativa. Os fins não justificam os meios, quando os meios tratam de aniquilar vidas humanas. A constituição francesa fala da liberdade, principal bandeira da revolução de 1789, mas onde fica o direito à liberdade dos habitantes de suas colônias? Presenciei barbaridades terríveis contra a população civil na guerra do Vietnã, ex-colônia francesa. A cada dia que permanecia naquele país, minha alma se enchia de culpa, angústia e desespero por lutar contra o direito de um povo em ter sua soberania e liberdade preservadas. Tornava-se cada vez mais difícil encontrar um motivo, um sentido real para continuar lutando naquela guerra. Ainda bem que fui ferido e depois Chantal me salvou. — Alfredo assentiu com a cabeça.

— Entendo como se sente, Francis, e concordo com sua posição, a guerra não tem sentido algum. Li a obra de Sartre quase completa e confesso que é um dos franceses que mais entendeu sobre a liberdade. Em sua obra, como sabemos, ele defende que o homem é livre e responsável por seu próprio destino, que é definido por suas escolhas, a cada momento de sua vida. E vai mais além: para ele, a liberdade é uma pena, pois o homem está condenado a ser livre, já que a não escolha também determina um destino, o de escolher ser vítima e não protagonista de sua obra. Neste sentido, o homem projeta tornar-se Deus. E vem daí toda fonte de angústia do existencialismo. Se a vida não tem um sentido preexistente e eu, através das minhas escolhas, dou sentido a minha existência, eu carrego a responsabilidade de dar sentido a minha vida e também impacto a vida dos demais ao meu redor. Por este raciocínio, a ideia de uma guerra é inconcebível, pois eu estou retirando de cada um a liberdade de poder escolher seu destino. — Francis e Henrique olharam para Alfredo, admirados. Uma ideia que fazia sentido. Alfredo continuou: — E falando de franceses e alemães e suas preferências por esta região, essas proposições de Sartre se aproximavam bastante das ideias niilistas do alemão Nietzsche, uma vez que o existencialismo sartreano é um modo de vida corajoso e que necessita de muita força de vontade. Carregar nos ombros a missão de dar sentido a sua vida, de forma ética e benevolente, é extremamente árdua. Ou seja, encontrar forças para escolher ou definir um projeto de vida que realmente valha a pena e conduzi-lo dentro de princípios éticos, mesmo sabendo das próprias falibilidade e finitude, é uma tarefa para super-homens, ou melhor, para os além do homem... Ainda mais quando convivemos com a imperfeição humana, os jogos de vaidade, os interesses materiais e consumistas de nossa sociedade — Alfredo fez uma pausa. Francis e Henrique olhavam para ele, pareciam hipnotizados pela narrativa, esperando a continuação, mas ele permaneceu em silêncio, pensativo. Mal podia acreditar no que acabara de dizer. Era justamente a antítese do que estava fazendo depois que sua querida Carmem se fora. O desperdício de sua potencialidade, o abrir mão de ser agente do próprio destino. Naquele exato momento, viu uma águia surgir no céu, majestosa, planando no ar, com total domínio da visão que tinha abaixo de si. Era isso... A águia era a metáfora para a liberdade de Sartre! Era a aspiração máxima do Zaratustra de Nietzsche. O pássaro que exerce a potencialidade em sua plenitude. E Alfredo se deu conta, naquele momento, que precisaria buscar esse pássaro, não fora, mas dentro de si. Era preciso conquistar o seu céu e voar majestoso rumo ao seu destino. Ressurgir das cinzas dos campos arrasados e recuperar forças para trazer a vida, para recomeçar a luta, voltar a sonhar, para instituir novamente o que poderia ter sido, vencer as dores e enxergar, na sua majestade, o além do horizonte. Há de haver esse pássaro, há de haver esta chance de se refazer e comungar com o universo e ser sua crença, munido do pleno desejo e da determinação de simplesmente fazer o certo. Esta seria a mágica, pôr-se de tudo a prumo, se os nãos forem reais, pois os toma por insumo, e voar, Alfredo, ainda mais.

No retorno para o almoço, Henrique recebeu uma mensagem pelo celular que o deixou muito perturbado. Era de Ariadne: "Olá, tudo bem? Como está você? Onde você está neste momento? Preciso urgente te encontrar." Henrique respondeu e Ariadne pediu que os dois se encontrassem no aeroporto dali a dois dias. "Estou retornando de um concerto em Atenas. Encontre-me às quatro da tarde num hotel próximo do aeroporto. Passo o nome um dia antes." Henrique não sabia o que fazer. Seu espírito ficara angustiado novamente. Procurava explicações. Ao mesmo tempo que sentia raiva pelo desprezo durante tanto tempo, a chama da paixão ainda ardia dentro dele. Explicou tudo ao avô e disse que precisava ir ver a jovem para esclarecer tudo de uma vez por todas. Alfredo foi veementemente contra. Pediu bom senso e serenidade a Henrique. Pediu que esquecesse a jovem e colocasse um ponto final no relacionamento dos dois. Por sua experiência de tantos anos, pressentia que esta história podia não acabar bem e seu neto sairia muito machucado. Henrique ficou muito chateado com o avô. Esperava, por certo, seu apoio neste momento. Francis e Chantal tentaram ajudar. A palavra de Francis a Alfredo foi definitiva:

— Alfredo, respeite a liberdade de seu neto e suas escolhas. Não deixe que ele carregue um fantasma para o resto da vida, a culpa por não poder saber se seu destino poderia ter sido diferente. Se tiver que sofrer, que sofra, mas que enfrente esta quimera de uma vez por todas. — Finalmente Alfredo concordou e falou com o neto. No dia seguinte, ele partiria a Paris no TGV.

Naquela noite, Alfredo dormiu pouco, angustiado com o neto. Em alguns momentos, sentiu dificuldade para respirar e acordou com uma dor no peito. "Não há de ser nada", pensou. Cochilou um pouco e despertou com os primeiros raios de sol.

No café da manhã, Henrique estava radiante com a perspectiva de seu encontro com Ariadne. A raiva dera lugar a uma expectativa positiva. Sentia que ela iria realmente declarar seu amor por ele. Alfredo e Francis foram deixá-lo na estação de trem. Despediu-se de forma amável do neto.

— Por favor, me dê notícias. Aqui você tem dinheiro para passar pelo menos uma noite em Paris. Boa sorte. — Henrique seguiu para dentro da estação. Quando estava retornando com Francis, Alfredo sentiu as pernas fraquejarem, tudo ficou escuro e foi se esvaindo até chegar ao chão. Francis segurou o amigo e pediu ajuda. Em questão de minutos, Alfredo foi colocado em uma ambulância e levado para um hospital, acompanhado por Francis.

Henrique desembarcou em Paris no início da tarde, comeu algo em uma lanchonete dentro do aeroporto. Tinha pouca fome. A ansiedade por rever Ariadne era demasiada. Contava os minutos para encontrá-la. Chegou no hotel dez minutos antes do marcado. Na recepção, foi informado que a senhorita Ariadne já chegara e solicitara que subisse para encontrá-la. Apresentou os documentos.

— Quarto 174, por favor. — Henrique bateu na porta. Ariadne apareceu, linda. Pegou Henrique pelas mãos e o abraçou forte. Ele podia sentir as batidas aceleradas do coração dela. Em seguida, segurou seu rosto e olhou fixamente nos olhos dele.

— Você não imagina o quanto senti sua falta. Por favor, não me pergunte nada, não me exija nada neste momento. Apenas esteja aqui comigo, por inteiro. — Em seguida, beijou-lhe os lábios delicadamente.

Alfredo despertou no dia seguinte na cama de hospital. Recebera sedativos por toda a noite em que ficara na UTI. Chantal estava ao seu lado.

— Está melhor, Alfredo? O Francis está falando com o médico. Ele já deve estar voltando. Ficamos bastante preocupados com você.

— Vocês são especiais, Chantal, nem tenho palavras para agradecer. O Francis foi rápido e se não fosse ele, provavelmente eu teria me machucado. — O médico e Francis entraram em instantes.

— Senhor Alfredo, está melhor?

— Sim, doutor, apenas um pouco de tontura.

— O senhor teve uma crise respiratória aguda, acompanhada de uma queda de pressão arterial. Agora está medicado e vou receitar alguns remédios de uso contínuo caso o senhor apresente o mesmo problema. Sei que está em viagem.

— Muito obrigado, doutor. Fico mais aliviado.

— Mas, infelizmente, após olhar os seus exames, não tenho boas notícias...

Henrique despertou na manhã seguinte e Ariadne não estava ao seu lado. Ficou assustado, levantou-se rapidamente, mas viu as coisas da jovem pelo quarto. Alguns minutos depois, Ariadne chega com o café da manhã.

— Aqui do lado tem uma loja com *croissants* deliciosos. Resolvi preparar um café especial para você. Por favor, não saia da cama! —Tomaram café juntos e se divertiram muito relembrando os bons momentos na Grécia.

— Por que você não deu notícias, Ariadne, pelo menos um tudo bem? Você sabe que nunca te cobrei nada.

— Eu sei, eu sei, Henrique, você é especial e eu sou uma garota perdida e complicada. Quando voltei a Paris, meu ex--noivo me recebeu com flores no aeroporto, com poesias e pedidos de "volta pra mim". Eu tinha prometido para mim mesma que sairia daquela prisão, mas infelizmente não resisti. Senti pena dele e reatamos o noivado. Não achava justo ficar falando com você ao mesmo tempo que tinha voltado para ele. Tive vergonha de te contar, de mostrar a você minha fraqueza. Com o passar dos dias, você foi preenchendo meus pensamentos novamente e me dei conta de que aquele relacionamento já não fazia mais sentido. O sexo continuava ruim e comecei a sentir repulsa por ele, pelo cheiro dele. Finalmente, antes de voltar para Atenas, pedi que terminássemos. Ele ficou furioso, quebrou várias coisas no apartamento, ameaçou me bater. Eu peguei minha mala e saí correndo, chorando, e prometi para mim mesma nunca mais encontrá-lo novamente. Isso é tudo.

Henrique respirou aliviado, feliz por saber da possibilidade de os dois voltarem a ficar juntos. Um sopro de otimismo voltou a entusiasmá-lo.

— Eu preciso retornar hoje a Epinal. Não tenho ideia do meu próximo destino, mas precisaremos voltar a Paris, com certeza. Você se encontraria comigo novamente? — A jovem encheu Henrique de beijos.

— É claro, Henrique! É tudo que mais quero. É uma das poucas certezas que tenho no meio de toda esta confusão que está minha vida. Você e a música. — Os dois seguiram abraçados até a estação. Beijaram-se demoradamente. Uma longa despedida para um até breve.

Henrique desembarcou em Epinal no final da tarde. Estranhou que apenas o Francis foi buscá-lo na estação.

— Seu avô teve um mal súbito ontem à tarde, mas está tudo sob controle. Precisa agora de alguns dias de repouso até que possa viajar novamente. — O jovem apenas sossegou quando reencontrou o avô.

— Puxa, vovô, o senhor está bem agora?

— Vou ficar, meu neto, vou ficar. Apenas alguns dias de descanso e boa alimentação aqui na França e podemos seguir nossa jornada. Tudo vai se resolver. — Henrique ficou mais aliviado. Alfredo ficou com um sorriso amarelo na boca. Neste momento, começava sua angústia. Como não compartilhar com o neto a notícia que o médico lhe dera? Era a pessoinha mais importante na sua vida naquele momento e teria ele coragem de esconder a verdade sobre sua saúde? Sim, ele contaria, mas no momento mais adequado. Disfarçou: — Como foi o encontro com a Ariadne?

— Foi ótimo, vovô. Nossos sentimentos estão mais fortes do que nunca. — Alfredo ficou preocupado com a resposta. Seu pior receio era ver o neto sofrer, ainda mais no estado de paixão em que se encontrava.

Henrique e Ariadne se falavam por mensagens quase todo dia; dividiam os bons momentos e faziam planos para o futuro. No auge de seu entusiasmo, Henrique comentara sua vontade de estudar em Paris e compartilhar uma vida com ela. Seu envolvimento era real e intenso. Ariadne o incentivava e confirmava a falta que ele fazia em seu dia a dia e como fora bom o último encontro. Henrique sugeriu à Ariadne se encontrarem no mesmo hotel um dia antes para se despedirem. Ela concordou.

Passaram-se vários dias após a crise do Alfredo na estação de trem. O casal Gaspard fora efetivo no apoio a ele e seu neto naquele momento. Com o passar do tempo, a alimentação saudável da região e os cuidados de Chantal, Alfredo se recuperava e conseguia acompanhar Henrique e Francis nas caminhadas ao campo e até em alguns passeios de barco e pescaria nos rios da região. O jovem aprimorou suas habilidades em pesca, sempre orientado por Francis e Alfredo, e lembrava com carinho os tempos de pescaria com o avô nas praias da Bahia. Alfredo testemunhava os movimentos do neto com orgulho e uma sensação de dever cumprido. Como havia amadurecido ao longo da viagem. Estava feliz com o retorno do ânimo do neto após o encontro com Ariadne. À noite, as conversas ao pé da lareira com o casal Gaspard eram inspiradoras. Francis falava de seu passado como militar, os horrores e absurdos da guerra, mas também as lições e aprendizados que vivenciara.

Faltavam poucos dias para a viagem ao próximo destino, revelado pelo avô sempre na véspera. Henrique enviou uma mensagem para Ariadne pedindo a confirmação do encontro. Não recebeu resposta. No dia seguinte, enviou várias mensagens. Nenhuma resposta da jovem. Bastante ansioso e preocupado, tentou telefonar. Caixa postal. Henrique ficou transtornado. Algo ruim acontecera. Não era possível que novamente a jovem resolvera se afastar dele. Alfredo percebeu a aflição do neto e perguntou se estava tudo bem.

— Estava tudo bem, até ontem. Não consigo falar com a Ariadne. Ela não responde minhas mensagens e o telefone está na caixa postal.

— Ela deve ter feito alguma viagem, meu neto, não se preocupe. Quando ela quiser, ela falará com você. Não procure. Reestabeleça seu equilíbrio e bem-estar. Meu avô já dizia que o que é do homem o bicho não come. — Henrique sorriu, sabendo da capacidade de seu avô para acalmá-lo. Mais dois dias se passaram e nenhuma notícia de Ariadne. A ansiedade transformara-se em desolação para Henrique. Ficou realmente sentido pela falta de notícias dela, mas sabia que precisava erguer a cabeça e seguir em frente. Afinal, o avô precisava dele para continuar a viagem.

Chegara o dia de mais uma despedida. Henrique enviou uma última mensagem a Ariadne com o horário de chegada do trem ao aeroporto. Ainda mantinha viva a esperança de revê-la novamente. Alfredo presenteou o casal Gaspard com uma toalha de mesa bordada que comprara no mercado local e que trazia os escritos em francês "A felicidade de uma família está na capacidade de doação e de servir ao outro. Quanto maior o servir, tanto maior o amor e a união". Francis e Chantal se emocionaram e agradeceram. Ele despediu-se:

— Não tenho palavras para agradecer o acolhimento e todo apoio que vocês deram a mim e a meu neto. Vou levar com carinho as lembranças de cada momento que passamos juntos. Aprendi tanto com vocês!

Avô e neto adentraram a estação rumo ao próximo destino. Chegaram em Paris no final da tarde. Na saída do TGV, Henrique vê Ariadne: vestido vermelho, cabelo preso; corre para abraçá-lo e irrompe em sentido choro. Henrique, sem entender, a acolhe:

— Vamos tomar uma água, você precisa se acalmar.

Alfredo, percebendo o momento dos dois, diz:

— Te espero no portão de embarque, Henrique.

Foram a um café na entrada do aeroporto. Ariadne toma um copo de água. Precisava acalmar-se.

— Eu precisava vê-lo, nem que fosse pela última vez. Tudo isso está sendo extremamente difícil para mim. — Henrique ficou olhando para a jovem com ternura, mas com a expressão de que não estava entendendo nada do que se passava. Tinha mais cinco minutos. — Tome esta carta, está tudo aqui. Leia quando estiver no avião. Você vai entender minhas razões. Eu não tive escolha. Sinto muito. — E continuou a chorar. Henrique segurou o rosto da jovem. Enxugou suas lágrimas e a beijou. Ela prosseguiu: — Você foi a melhor coisa que já aconteceu na minha vida. Era a chance de me libertar. Eu iria com você para qualquer lugar do mundo... nem que.... — Henrique interrompeu:

— Você é uma mulher livre, Ariadne. Você e só você é responsável por suas escolhas. Ninguém mais. Lembre-se disso. Você foi um sonho bom que me aconteceu em uma noite de verão de Creta. Você estará sempre no meu coração. — Despediram-se com um beijo e um longo abraço. Henrique podia sentir o coração da jovem acelerado em seu peito. Partiu sem olhar para trás. Já no avião, Henrique leu a carta.

"Querido Henrique, é difícil para mim escrever estas palavras. As lágrimas não param de cair enquanto as escrevo. Você foi um sopro de vida em minha existência. Vida real, autêntica, sem máscaras, sem jogos, sem fingimentos. Sinto que tudo que passamos juntos foi real e vibrante. Ainda sinto seu perfume e seu abraço naquela noite na praia de Creta. Há poucos dias, descobri que estava grávida. Fiquei sem chão. Quando contei para os meus pais, aqueles de quem eu mais deveria receber apoio, recebi somente julgamentos e ameaças. De infidelidade, de ingratidão, de irresponsabilidade, como se o fruto do amor fosse algo feio e indesejável. Nesta situação, meus pais me pressionaram e chantagearam para que eu fizesse uma única escolha: voltar para meu ex-noivo, anunciar minha gravidez e induzi-lo a se casar comigo. Com muita dor, foi o que fiz. Lamento por isso. Lamento por minha fraqueza, lamento por abrir mão deste amor tão puro que vivemos juntos. A vida nem sempre é justa. Lembrarei sempre de você com muito amor e carinho. Sua eterna Ariadne."

Henrique chorou enquanto lia a carta. O que mais lhe doía era sua impotência em relação à situação. Queria poder reverter tudo, tomar Ariadne pelas mãos e viver uma vida juntos, um amor verdadeiro. Alfredo percebeu o sofrimento do neto. Segurou sua mão, apertou-a forte. E lembrou daquele garotinho que corria para sua cama sempre que tinha um pesadelo. E a Carmem sempre cantava uma canção.

CAPÍTULO 8
A LIBERTAÇÃO

Nem luto nem melancolia, não.
Aprendi diferente com você;
Você ensinou a valer: vale porque
Tudo fica se o amor nos foi opção.

E é tanto nosso amor, de tal quinhão,
Que seguirei sem que me ocorra um se!
Nós seguiremos juntos: eu-você
Por ser eterna nossa comunhão!

Nada me falta, nada faltará;
Penso em você e prossigo, sou feliz,
Porque nenhuma morte contradiz

A força de um amor que além está.
Só os fracos sofrem, nós dois o sabemos,
Que a vida é bem maior do que vivemos.

Chegaram a Porto, norte de Portugal, tarde da noite. No desembarque, um velhinho de bengalas esperava por eles. Alfredo reconheceu o velho amigo José Borges. Sorriu e abriu os braços diante dele:

— Zezinho, quanto tempo! Parece ontem que estivemos juntos naquela praça da igreja de Santiago de Compostela. Dê cá um abraço. — Os dois amigos abraçaram-se por longo tempo. Borges voltou-se ao jovem.

— Este é o famoso Henrique? Como está grande. Está quase um homem.

— Está um homem-feito, compadre. Já conheceu o amor. E os limites que a vida nos impõe.

José Borges fitou Henrique, que parecia um pouco entristecido.

— Os melhores vergalhões de aço são forjados nas mais altas temperaturas. Vamos, vocês devem estar cansados da viagem. Minha irmã preparou algo para vocês. — Tomaram o metrô e seguiram por mais uma hora até o destino final.

A irmã de José morava numa modesta casa perto do estádio do Futebol Clube do Porto, time de coração dele. Maria reconheceu prontamente Alfredo, o mesmo da última visita a Portugal.

— Como foram de viagem? Por favor, a casa é toda de vocês. Mostro-lhes o quarto para que deixem as malas. Também preparei um caldo verde para vocês. — Alfredo agradeceu a gentileza:

— Não precisava se incomodar, dona Maria, mas aceitamos o caldo de bom grado.

José prosseguiu:

— É a especialidade da minha querida irmã. Caldo verde e o bacalhau com nata. — Sentaram-se à mesa de jantar. Maria empolgou-se: — José não para de falar de vocês um só minuto. Muito lindo o projeto de vocês... — Nesse momento, José olhou feio para Maria. Ela percebeu e mudou de assunto. Henrique notou que algo ocorrera, porém, seus pensamentos estavam muito longe, em Paris, com Ariadne. Abatera-se demais com o ocorrido. Ao mesmo tempo, sentia saudades de casa, do colo da mãe, do ombro amigo do pai. Pensou em pedir ao avô para retornar para casa, mas não queria decepcioná-lo. Havia se comprometido em ir até o fim como companhia ao avô. Por outro lado, sentia o avô mais entusiasmado a cada destino que percorriam. As pessoas amigas, os aprendizados, as conversas, o conhecimento das culturas por onde passavam. Sem dúvida, Alfredo era uma pessoa diferente do início da viagem. Após tomar o caldo, Henrique, educadamente, se recolheu.

— Estava uma delícia, dona Maria. Um gosto especial. Agora peço permissão para deixá-los. A viagem foi longa.

José olhou com ar de repreensão para Maria:

— Minha irmã, já lhe disse que não é pertinente falarmos deste assunto em público. É um segredo entre Alfredo e eu. — Maria ficou com as maçãs do rosto coradas. José olhou para Alfredo: — Tudo bem nesta última viagem à França, compadre? Parece que se demoraram mais do que o plano... — Alfredo refletiu um pouco antes de responder, como se quisesse encontrar as palavras certas.

— Digamos sim que tivemos um imprevisto, compadre amigo. Mas não sei se ainda me sinto pronto para falar. Ainda sinto um turbilhão de emoções que me impedem de raciocinar de maneira lógica. Mas contarei no tempo certo. Recebeu meus relatos das demais viagens?

— Recebi, sim, compadre. Muito interessantes. Logo chegará o momento para você compartilhar seus pontos de vista, aprendizados e conclusões. Tudo tem seu tempo certo. Deixemos você estar pronto para isso. Amanhã seguimos de carro para Viana do Castelo. Reservei um hotel para nós. Um ambiente de praia ajuda a relaxar e poderemos aproveitar a companhia um do outro com calma. Manteremos nosso projeto em segredo, mas logo precisamos revelá-lo a Henrique.

— Sim, Zezinho, tudo ao seu tempo... Agora peço licença para ir dormir. O dia hoje foi longo e cansativo.

Na manhã seguinte, partiram os três para Viana do Castello, no litoral. Foram de trem, aproveitando as belas paisagens do norte de Portugal. O dia ensolarado ajudou os viajantes. Chegaram à cidade no final da manhã. Ao descer na estação, logo avistaram uma construção antiga que se estendia por vários quilômetros, ao longo da costa. Borges esclareceu:

— Na época dos romanos, esta região foi bastante desenvolvida; tinha como centro urbano a cidade chamada de Bracara Augusta, em homenagem aos brácaros, povo que habitava a região, e a César Augusto. Hoje se chama Braga e é para onde iremos daqui a alguns dias. As construções que se avistam são aquedutos que transportavam água entre as cidades da região litorânea. — Caminharam durante quase uma hora. Ao chegarem à porta do hotel, Alfredo sentiu as pernas fraquejarem e pediu ajuda ao neto. Borges e Henrique seguraram-no para que não caísse. A recepcionista do hotel foi buscar água e o sentaram no sofá do saguão.

— Não é nada, apenas senti muita emoção, pois a Carmem e eu estivemos neste hotel. Passamos momentos maravilhosos aqui. Lembra-se, Zezinho? — Borges assentiu com a cabeça, preocupado com o amigo. Henrique estava pálido. Descansaram um pouco na recepção e seguiram para os quartos, cada um deles com vista para o mar. Alfredo podia ouvir o barulho das gaivotas, pássaro abundante naquelas redondezas. Mais descansados, saíram para almoçar e caminhar pelo vilarejo. Alfredo fez um longo percurso por suas memórias. A cada lugar que passava, lembrava-se dos momentos vividos com Carmem: a praça com as amendoeiras, o restaurante onde almoçavam, a igreja que Carmem visitava sempre às seis da tarde, para sua Ave-Maria. As caminhadas na praia. Naquele pequeno vilarejo, foram muito felizes. E talvez por isso fosse ele o palco do pesadelo que o perseguiu por anos, mas que também poderia ser a chave para a descoberta do grande enigma que surgia ao final do sonho.

Sentaram-se à sombra de uma amendoeira. O diâmetro do tronco e das raízes eram sinais claros de sua antiguidade. Quantos momentos da história ela já presenciara? Quantas pessoas e fatos de vida, felizes, tristes, dramáticos ela testemunhara? E apesar de tudo, continuava linda e majestosa, perpassando as gerações de humanos, suas dores e alegrias. Borges e Henrique fitavam Alfredo, como que se esperassem algum comentário. Porém, ele ficou em silêncio por um bom tempo, contemplando o azul do mar e as gaivotas. Repentina e suavemente, começou:

— Quero compartilhar com vocês uma notícia importante que, talvez, mude as nossas vidas daqui para frente. Quero que saibam que vocês são hoje, provavelmente, as duas referências mais importantes para mim. Zezinho, meu amigo, você que sempre me acolheu nos momentos mais difíceis e me incentivou a levantar das quedas que a vida nos apronta, nem tenho como agradecer o tanto que você fez por mim. Desde já, tomo a liberdade para lhe pedir agora para contar ao meu neto sobre o nosso projeto.

— Claro, amigo. Se este é seu desejo, posso sim. — O amigo prosseguiu: — Querido Henrique, há alguns anos, comecei a me questionar sobre a origem do entusiasmo. O que faz uma pessoa ter mais entusiasmo que outras? Onde nasce o entusiasmo? É um estado de espírito? É uma energia intrínseca ao espírito? Uma espécie de iluminação? Por que algumas pessoas são fonte de entusiasmo e outras são consumidoras dele? Existe o oposto do entusiasmo? O que seria? Enfim, em uma carta, disse desta minha inquietude a seu avô e depois de muitas conversas e discussões, lancei a ele um desafio: ele viajaria por vários países; conheceria algumas culturas com o objetivo de entender o significado do entusiasmo em cada uma delas e tentar achar o sentido universal para o entusiasmo, se é que isso é possível. Minha função no projeto era mobilizar alguns contatos, relações de amizade ou conhecidos que pudessem ajudar seu avô nesta busca. Além disso, eu ajudaria também nas despesas da viagem, com minhas poucas economias. Em poucos dias, seu avô nos falará de seus achados e conclusões.

— Henrique ficou surpreso com a revelação:

— Então o senhor é o patrocinador da nossa viagem? Eu nem desconfiei que havia algo parecido. Pareceu tão natural a sequência de viagens. Gostei muito de viajar ao lado do meu avô.

— Foi uma exigência dele, condição necessária para realizar o projeto — Borges deu uma piscadela para Alfredo, que sorriu. Henrique desviou o olhar para o avô e o abraçou:

— Sou abençoado por ter este avô aqui, senhor Borges. Ele e minha avó Carmem foram um sopro de entusiasmo na minha infância — Alfredo não conseguiu esconder as lágrimas ao ouvir a declaração do neto. Engoliu seco antes de falar:

— Agora, o momento mais difícil para mim. Alguns dias atrás, tive um mal súbito quando deixei o Henrique na estação de trem de Epinal. Após todos os exames, os médicos me revelaram que tenho um tumor agressivo no pulmão. Disseram que tenho seis meses de vida. — Henrique e Borges silenciaram e baixaram a cabeça com tristeza. O jovem segurou forte a mão do avô.

— Não há de ser nada, vovô, estaremos do seu lado. Vamos vencer esta doença. Conte comigo. — Borges emendou: — Sim, veremos os possíveis tratamentos aqui na Europa. Conheço médicos muito bons em Portugal e Alemanha. Não vamos desistir jamais.

Alfredo respirou aliviado após contar a notícia. Tinha sorte em contar com duas pessoas tão especiais a seu lado em um momento difícil.

— Vou lutar com todas as minhas forças, mas se for a hora de reencontrar minha querida Carmem, que assim seja. A morte sempre me procurou nos sonhos…

Naquela noite, Alfredo voltou a ter o mesmo sonho que o atormentava. Na mesma praia, no mesmo cenário com a Carmem. E a morte veio levá-lo novamente: "Você vem comigo e sua esposa será poupada." Mas alguma transformação aconteceu com Alfredo, ele respondeu: "Eu já cumpri minha missão por aqui. Já vivi de tudo e na minha plenitude. Estou pronto. Pode me levar." Surpreendentemente, a morte faz uma cara de terror e se afasta dele, fugindo. Alfredo prossegue em sua caminhada na praia de mãos dadas com Carmem. Ele acordou com lágrimas nos olhos. Aliviado, esta era a palavra. A sensação, no sonho, de estar em paz consigo e com sua Carmem foi indescritível. Por algum milagre, ele estava em harmonia com sua alma, seu espírito. Não tinha mais dúvidas. Sim. Estava pronto para cumprir seu destino, qualquer que fosse o escolhido pelos deuses do entusiasmo.

Os três tomaram café juntos e foram caminhar na praia. A brisa úmida do mar alcançava-lhe o rosto. Henrique apertava sua mão. Borges contou para Henrique como conhecera Alfredo e relembrava todos os bons momentos que passaram juntos. Alfredo ouvia atentamente os dois tagarelas entusiasmados com os momentos vividos. "Estou no paraíso", pensou ele, "só falta minha Carminha e meus três filhos para tudo estar completo".

Dias depois, partiram para Braga, cidade histórica de Portugal. Conforme o planejado por Borges, seria o lugar onde Alfredo compartilharia as conclusões finais da viagem. Ao chegarem à cidade, hospedaram-se na casa dos pais de Borges, já falecidos. O amigo habitava a mesma casa onde crescera. Atualmente, era professor emérito da Universidade do Minho, onde lecionava algumas horas por semana. Mostrou a Henrique seu quarto de infância e rememorou alguns acontecimentos com alegria. Durante o jantar, comentou com Alfredo:

— Meu amigo, tomei a liberdade de convocar uma aula magna na Universidade do Minho. O caro amigo vai dar sua exposição sobre entusiasmo para todos da universidade e da cidade que queiram atender. Logicamente, fiz bastante propaganda do tema e creio até que o arcebispo da cidade comparecerá. — Alfredo ficou surpreso.

— Mas, Zezinho, eu não planejei nada, tenho tudo apenas aqui — apontando a testa com um dedo.

— Não importa, meu amigo. Eu assumo a responsabilidade pelo sucesso ou pelo fracasso do projeto. Estamos juntos nessa. Peço apenas que coloque seu espírito e seu coração nesta exposição. — Alfredo sorriu e abraçou o amigo: — Você sempre aprontando das suas...

Na manhã seguinte, chegaram ao auditório da Universidade. Os quatrocentos lugares estavam tomados. Pessoas de pé ao fundo. Alfredo caminhou para o púlpito. José Borges caminhou para a mesa dos catedráticos para presidir a sessão. Os professores convidados esperavam ao lado de suas cadeiras. Ao se aproximar da mesa, Alfredo ficou surpreso com o que viu. Um a um, perfilados, os amigos que participaram de sua jornada: o amigo Cheng, o grego Panos, a senhora May Weather e Francis Gaspard. Todos vieram acompanhar sua exposição. Alfredo os cumprimentou calorosamente. Foi difícil segurar a emoção. Com a voz embargada, Alfredo iniciou sua exposição.

— Agradeço a todos vocês. Reforço que não estaria aqui se não fosse meu amigo José Borges, pessoa que me auxiliou a levantar da terrível queda após o falecimento de minha esposa. E também agradeço a meu neto Henrique, combustível das minhas emoções e minha continuação neste universo inexplicável e aparentemente sem sentido. Este aprendizado também não seria possível se não fossem os três senhores e essa senhora que estão na mesa de convidados. Mais do que com a palavra, eles me mostraram o significado do entusiasmo com suas próprias ações e exemplos de vida. Veremos a seguir. Aprendi com o Tao que a existência, o mistério, o sagrado, não podem ser reduzidos a nomes ou conceitos ideais e que cada coisa existe por si só. Da mesma forma, a ideia e o conceito do entusiasmo estão relacionados com vários outros conceitos e aspectos de nossa existência. Para começar, o entusiasmo nasce do caminho que cada um de nós percorre pela busca da virtude e da benevolência. É procurar tornar-se tão bom quanto possível. Simples assim. Algo que deve ser alcançado por si só, independentemente do sucesso ou do fracasso em nossa vida. É um valor ético. Foi o exemplo de vida do senhor e da senhora Cheng que mais me sensibilizou. A força e a leveza com que superaram a perda do filho, nora e netos, e conseguiram transmitir à única neta a importância de seguir com o legado da família. O que seriam tal força e tal leveza senão o puro entusiasmo, a energia insuperável de acordar todos os dias perante uma terrível realidade e contribuir para transformá-la, pensando apenas em fazer o bem para a neta? Eles encontraram o motivo para viver e morrer. — Enquanto falava, Alfredo olhava para o amigo Cheng, que se mostrava visivelmente agradecido e emocionado. — Com a cultura grega antiga, aprendi que os deuses possuíam características humanas e admiravam os homens exatamente pelo fato de estarem condenados à finitude, mas, mesmo assim, conseguirem força para viver e amar na plenitude, dispondo de uma só vida. O homem grego sabia que precisava mirar a perfeição dos deuses do Olimpo, conhecer-se, superar-se, deixar sua marca, alguma presença, e vencer, ainda que momentaneamente, a finitude, a limitação, a imperfeição. Almejar o ético e o belo — e alcançá-lo! — era a única forma para fazer a vida valer a pena e de ser capaz de suportar a verdade de Sileno, a verdade terrível de que não somos nada perto da grandeza do universo. Também foi com o espírito humano do Panos, sua capacidade de vencer a perda da esposa e de se entregar por inteiro às coisas boas e às dores da vida, aproveitando ao máximo cada instante, doando-se e estabelecendo laços de amizade, que apreendi a dita verdade de Sileno. E este espírito de doação à vida está relacionado com o entusiasmo para consigo e para com os outros. — A cada palavra de Alfredo, o grego Panos assentia com a cabeça. — E com a Inglaterra da querida e amável senhora Weather? Aprendi com o Hamlet de Shakeaspeare que estamos condenados a nossa própria existência, esta vida cheia de som e fúria. Precisamos, então, viver heroicamente, fazendo do sofrimento nosso instrumento de resistência para não desistirmos da vida. Este espírito heroico evocado por Shakespeare para enfrentar seu destino ou sua fortuna faz parte, desde sempre, do espírito inglês. Não seria esse espírito a chama do entusiasmo, a simples aceitação de seu destino, o "amor fatti" de Nietzsche, com suas agruras e alegrias, como parte da condição humana e procurar ser o melhor nas suas potencialidades? Com mais a pitada do famoso escritor Charles Dickens aprendemos que as experiências limites nos fazem repensar a forma como estamos vivendo nossa vida. Morrer mal significa que vivemos mal, sem aproveitar intensamente cada momento. Foi com a

May, e principalmente na doçura dos seus olhos, que eu enxerguei esse espírito, a capacidade de se reinventar após a perda do marido, de seguir em frente e usufruir do dom de ser capaz e de ser feliz. — Alfredo olhou para a senhora Weather, que aplaudia baixinho e acenava positivamente com a cabeça. — Também aprendi bastante com a Alsácia-Lorena franco-alemã do casal Gaspard, uma união linda e apaixonada de duas excelentes pessoas. Compreendi como estava desperdiçando minha potencialidade, abrindo mão de ser agente de meu próprio destino ao não me responsabilizar por minhas escolhas diárias. E também as minhas não escolhas, colocando-me no papel de vítima. Foi quando avistei a águia da liberdade. A inspiração máxima do Zaratustra de Nietzsche. E me dei conta de que precisaria buscar este pássaro, não fora, mas dentro de mim. Era preciso conquistar o céu e voar majestoso rumo ao meu destino. E o que é essa liberdade, meus amigos, senão a postura entusiasmada diante da vida? Uma energia inesgotável que a tudo enfrenta, sem autopiedade, sem "coitadismo", sem vitimização? Foi justamente o que fez Francis, que abandonou a trajetória familiar tradicional do exército para ir em busca de sua amada Chantal. Ir em busca de um sentido para sua vida. Ele diz que ela o salvou, mas sem dúvida ele se permitiu ser salvo ao fazer novas escolhas. — Alfredo mirou Francis, que o agradeceu com o olhar e sorriu. Fez uma pequena pausa para olhar toda a plateia. Muitos já emocionados com sua fala. — Vimos então que o entusiasmo passa pela busca da virtude e benevolência, pelo autoconhecimento, saber de nosso potencial, pelo espírito servidor, pela resiliência e espírito heroico, numa atitude de buscar sempre fazer o melhor. Posso lhes assegurar que chega um momento em nossa vida, e ele sempre chega, que nos perguntamos qual o nosso propósito. Isso é tudo? Perguntamos várias vezes antes de dormir. Ao perceber que não existem respostas simples, temos duas opções: ou continuamos a busca ou nos anulamos perante a vida. E creiam-me: existem várias formas de se anular, ou se matar, além do suicídio. O entusiasmo é justamente esta potência, a energia do divino, que nos faz levantar todas as manhãs e acreditar que existe sim um propósito, e que devemos encontrá-lo ao longo de nossa jornada. É o reencontro com o sagrado que está dentro de nós. É esta vontade que nos determina a ser melhores, a despeito dos motivos ou das consequências, mas simplesmente faz com que nos elevemos ao máximo de nosso potencial humano. Muito obrigado. — Alfredo foi bastante aclamado pela plateia. Pessoas estavam emocionadas, tocadas por suas palavras; queriam cumprimentá-lo.

José Borges convidou os professores para um almoço de celebração em sua casa. Foram momentos agradáveis e de cumplicidade. Alfredo aproveitou para agradecer e falar dos desafios para o futuro. E mencionou que o futuro para ele era um grande ponto de interrogação. Todos ficaram surpresos com a notícia e era notório um traço de tristeza no semblante de cada um. Alfredo procurou animá-los:

— Talvez este seja o grande desafio de minha vida. Buscar um real sentido para o que ainda está por vir. E lutar com todas as minhas forças por esse sentido. Neste momento, o corpo está me limitando, mas sinceramente sinto que minha vida está transbordando de entusiasmo. Meu espírito está leve. Vivi dias maravilhosos com cada um de vocês, a quem sou muito grato pela convivência. Se a vida me presentear com mais uma chance, com certeza não vou desperdiçá-la. — De todos os amigos, a senhora May parecia a mais tocada. A todo momento, postava-se ao lado do Alfredo e o cercava de cuidados e palavras de encorajamento. Ao final do dia, todos se despediram para o regresso a seus países. A senhora Cheng se aproximou de Henrique e lhe entregou um envelope:

— Uma carta que minha neta pediu para entregar-lhe em mãos — e despediu-se com um abraço envolvente.

No dia seguinte, Alfredo convidou o neto para irem ao Santuário do Sameiro. Assistiram à missa das oito e, no final, sentaram-se para admirar a paisagem. Do alto da colina, era possível avistar toda a cidade.

— Eu e sua avó vivemos momentos belíssimos nesta cidade, neste país. Este local me traz grandes recordações. É como se o tempo estivesse congelado aqui e eu quisesse reproduzir estes momentos infinitas e infinitas vezes. Aqui renovamos nossos votos e amadurecemos nosso amor de tantos anos e de frutos belíssimos — Henrique ouvia atentamente o avô. — Preciso compartilhar com você uma decisão que tomei, meu neto. Não voltarei ao Brasil. Ficarei aqui para me tratar da doença. O Borges me ofereceu apoio e, de fato, me sinto debilitado para enfrentar uma viagem de volta. — Henrique se opôs:

— Mas, vovô, nós somos sua família, queremos estar juntos, apoiando neste momento difícil. Meus pais nunca vão aceitar esta decisão e virão te buscar.

— Escute bem, Henrique, sua missão é convencer seus pais de que será melhor assim. Não quero ser estorvo para ninguém nem quero despertar sentimentos de pena. Quero que transmita a seus pais que eu os amo mais do que tudo e vou guardá-los sempre em meu coração. A morte de fato faz parte da vida. Morrer é simplesmente o último acontecimento relevante que nos espera nesta trajetória e é uma experiência completamente individual. Ninguém pode morrer por você. A maioria dos seres vivos, ao pressentir a morte natural, se afasta dos semelhantes. É um processo natural para eles. Mas sigo com entusiasmo e espero sobreviver a esta doença. Manterei vocês sempre informados pelo José. — Henrique não se conformava. Chorava. Não podia aceitar que o avô os abandonasse na hora de maior privação de sua vida. — Você agora já é um homem, Henrique. Aprendeu o necessário para seguir sua trajetória, passou por experiências que o fizeram mais forte e mostrou que tem maturidade para enfrentar os fatos duros da vida. A ponte está feita. Avô e neto estão harmonizados e não há nada mais que eu precise passar para você. Minha missão está cumprida e termina aqui. — O sino da igreja tocou as doze badaladas do meio-dia. Era o sinal de Zaratustra. A era do além-homem estava apenas começando.

CAPÍTULO 9
A SEMENTE DO FUTURO

Bangô, o rei da volúpia e suas virgens
Dançam, endemoniadas, doze virgens!
Em frente ao fogo dançam essas virgens
E festejam a vida, não a morte

Eu, Alfredo, jogo xadrez com a Morte;
Ouso pensar vitória, não pondero.
Tripudiar é tudo que mais quero,
Zombar Dela, zombar enquanto espero!...

Já não há tempo para outra ilusão,
Nossa sentença está dada e sabida;
Só morre quem se acha na própria vida

E não vive quem busca solução.
Bangô entoa seus cantos, artifício,
Já que viver é vão, morrer é ofício...

Sete anos se passaram. Henrique e sua esposa escolheram fazer o Caminho de Santiago (por parte de Portugal) para celebrar a lua de mel. A cada cidade que chegavam, Henrique se lembrava sempre dos momentos que passara com o avô naquele país. Compartilhava com a jovem amada.

Entraram, exaustos, na praça da Catedral de Compostela. Já era noite e decidiram se sentar para admirar a igreja toda iluminada. Momentos de emoção. Cansada, a esposa adormeceu recostada em seus braços. Henrique a admirava. Aqueles longos cabelos negros, pele alva como a neve, os olhos pequeninos. Sim, ele verdadeiramente a amava desde o primeiro momento que a viu. Mas foi preciso tempo para aquele amor amadurecer. Em dado momento, avistou um senhor idoso, barbudo, que caminhava pela praça com a ajuda de bengalas e sussurrava palavras desconexas. Apurou bem o ouvido para as escutar. Ouviu algo como "El diablo viejo sabe más". E o velho repetia, sem parar, para si, bem baixinho. Sentou-se próximo ao jovem casal. Pegou uma garrafa de água. De repente, olhou na direção de Henrique, pôs-se a caminhar e parou o encarando.

— Sabe más porque és diablo, ó porque és viejo? — apesar da barba enorme, dos cabelos desgrenhados, Henrique conhecia bem aquele olhar. Sorriu aliviado. Um sopro de entusiasmo invadiu sua alma.